Emma Smith
Weil Liebe nie vergeht
Annie und Logan

AF215039

emma smith

Weil nie Liebe vergeht

Annie & Logan

Deutschsprachige Erstausgabe Juli 2018
Copyright © 2018 Emma Smith
Emma Smith - c/o AutorenServices.de
Birkenallee 24 - 36037 Fulda
Covergestaltung und Satz: Wolkenart - Marie-Katharina Wölk,
www.wolkenart.com
Lektorat/Korrektorat: Katrin Schäfer
2. Korrektorat: Anna Werner
Herstellung und Verlag: BoD – Books on Demand, Norderstedt
1. Auflage
Paperback ISBN: 9783748165583

Kapitel 1

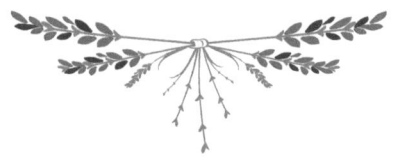

Ich hatte das letzte Highschool-Jahr hinter mich gebracht und begann endlich zu studieren. Mein Traum war es schon immer, Ärztin zu werden und meinem Ziel kam ich nun Schritt für Schritt näher.

Kaum war ich am College angekommen, ging es schon los mit der Verteilung der Kurspläne. Diese fand aufgrund des Trubels und des schönen Wetters draußen statt. Wie alle anderen reihte ich mich ein und hoffte, nicht zu lange warten zu müssen.

Einige Bücher passten nicht in meinen Rucksack, so trug ich die restlichen auf den Armen. Da es wahnsinnig heiß war, entschied ich mich für eine Hose in ¾-Länge und ein Top. Die Mädels hier hatten meist noch weniger an, und mir wurde langsam klar, dass das College viel mit der Highschool gemein hatte. Hauptsache auffallen.

Ich war aber weder der eine noch der andere Typ. Ich war nicht besonders schlank und machte mir nicht viel aus Diäten. Meine Brust war ansehnlich, aber als besonders attraktiv würde ich mich nicht bezeichnen, deswegen würde ich eh nie zu den heißen Fegern gehören. Was okay war, immerhin hatte ich ja ein Ziel, auf das ich hinarbeitete.

Während ich weiter in der Warteschlange stand und die Sonne immer heißer wurde, betete ich, bald mal am Tisch anzukommen, damit ich endlich meinen Kursplan bekäme.

»Psychologie? Wow«, ertönte plötzlich hinter mir eine männliche Stimme. Ich war gemeint, versuchte es aber zu überhören. Als ich nicht reagierte, räusperte er sich hinter mir. »Gesprächig scheinst du ja nicht zu sein?«

Mit rollenden Augen drehte ich mich ganz zu ihm herum und erstarrte. Stahlblaue Augen sahen mich an. Er hatte ein sehr markantes Gesicht, dazu kurze braune Haare, und seine langen Wimpern hauten mich einfach nur um. Irgendwie blieb die Zeit stehen, während ich ihn betrachtete.

Mist, wieso konnte ich nicht wegschauen? Ein amüsiertes Lächeln umspielte seine Lippen. Ich hatte ihn zu lange angestarrt. Er hatte es bemerkt. Scheiße.

»Gefällt dir, was du siehst?«

Ich drehte mich schnell wieder um. Ich musste ja knallrot geworden sein.

»Bilde dir bloß nichts ein«, konterte ich.

An Selbstbewusstsein mangelte es dem Typen ja mal gar nicht.

»Um mich zu bilden, bin ich ja hier!«

Ich verdrehte die Augen. Wieder wandte ich mich zu ihm um. Mann, er war aber auch attraktiv und er schien es auch genau zu wissen.

»Willst du nicht jemand anderen nerven?«, fragte ich ihn gereizt.

»Geht nicht, ich steh ja hier in der Schlange.«

»Hast du für alles einen blöden Spruch?«

Er schien tatsächlich kurz darüber nachzudenken.

»Ich denke schon.«

Ich schüttelte genervt den Kopf.

»Ich bin übrigens Logan.«

»Schön für dich, Logan.«

»Normalerweise stellt man sich auch vor«, konterte er erneut und hörte sich leicht belustigt an. Schön, dass er über mich lachen konnte.

»Wieso sollte ich dir meinen Namen verraten?«

»Keine Ahnung, aus Höflichkeit, aus Langeweile, aus Interesse?«

Dieser Logan hatte wirklich für alles und jeden einen Spruch parat. Ich schüttelte abermals genervt den Kopf.

»Höflichkeit ist nicht mein Ding, Langeweile ist Ansichtssache, und Interesse habe ich ganz sicher keins.«

Wieso musste ich immer wieder auf seine Sprüche eingehen?

Wenn Typen mir sonst dumm kamen, war ich ihnen aus dem Weg gegangen! Ich sah in die Schlange vor mir. Noch ein paar Leute waren vor mir dran. *Geduld. Geduld.*

»Ich empfand das Interesse gerade als sehr groß. Immerhin hast du mich ziemlich lang angestarrt.«

Wütend drehte ich mich zu ihm um.

»Definiere ‚Anstarren‘!«

Er schaute in den Himmel. »Vergrößerte Pupillen, beschleunigte Atmung, gerötete Wangen.« Nervosität breitete sich in mir aus. Hatte ich mich so verraten?

»A-Alsooo ... dein Name ist?« Der Typ ließ sich auch echt nicht abwimmeln!

»Okay, ich bin Annabelle.«

Er nahm meine Hand und schüttelte sie.

»Annabelle? Wooow, wollten dich deine Eltern bestrafen?«

Ich atmete einmal tief ein und aus. Mir gefiel der Name selbst nicht, aber es hier vor ihm zugeben? Ihm recht geben? Niemals.

»Man nennt mich auch Annie.«

Er nickte schmunzelnd.

»Passt besser zu dir.«

Was hieß das denn schon wieder?

»Kommst du heute Abend auch zur Erstsemester-Party?«, fragte er mich dann auch noch.

Ich sah ihn kopfschüttelnd an. »Muss ich die kennen?«

»Jedes Jahr geben die älteren Studenten die Party für die Anfänger. Du solltest vorbeischauen.« Jetzt klang er gar nicht mehr so blöd.

»Vielleicht mach ich das.«

»Würde mich freuen.«

Kapitel 2

Annie

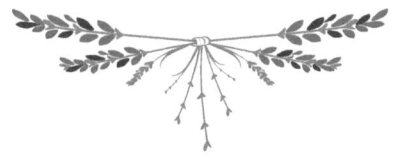

Meine neue Mitbewohnerin Gigi nahm ich gleich mit. Ich war eigentlich nicht der Party-Typ, aber insgeheim wollte ich auch Logan wiedersehen. Ich strich mir meinen Rock zurecht. Wann hatte ich das letzte Mal einen an? Keine Ahnung, aber Gigi meinte, der würde mir gut stehen. Mir war klar, so konnte ich meinen Po kaschieren. Wenigstens etwas. Aber die Beine halt nicht …

»Die Bluse passt echt super, und der Ausschnitt … grrrr«, grinste Gigi frech, als sie den Ausschnitt begutachtete.

Sie war etwas verrückt, konnte schwer ein Ende finden, wenn sie einmal anfing zu reden, und wirkte ziemlich freizügig. Aber hey, das war College halt …

»Der Busen hat mir nicht nur Türen geöffnet«, konterte ich, um ihr Kompliment sofort zu widerlegen.

Ich hasste es, wenn die Kerle mir anstatt in die Augen zu den anderen »Beiden« glotzten. Und diese Bluse von Gigi förderte den Mist noch. Aber ihr widersprechen? Am ersten Tag? Niemals!

Wir betraten das Partyhaus, die Musik dröhnte, überall waren feiernde Studenten zu sehen.

»Woooow«, schrie Gigi und tanzte sofort mit.

Ich sah ihr entgeistert hinterher. Eine tanzende Blondine kam auf mich zu.

»Erst-Semester?«, rief sie mir zu.

Ich nickte, und sie überreichte mir einen Becher.

»Lass es dir schmecken«, schrie sie weiter gegen die Musik an und verschwand auch wieder, um weitere Becher zu verteilen.

Ich roch an der pinken Substanz. Punsch mit Schuss. Nicht so mein Ding. Ich entschied, mich erst mal umzusehen. Knutschende Pärchen, übertriebenes Sauf-Gelage, tanzende Studenten, die sich fallen ließen, und da in der Ecke ... ich blieb vor Schreck stehen.

Ich erkannte ihn sofort.

Logan.

Er war gerade dabei, einer anderen Studentin die Mandeln zu küssen. Er hatte seine Finger irgendwie überall an ihr. Hintern, Hüfte, Hals ...

Ich war so blöd gewesen. Der Typ hatte sich mit mir einen Scherz erlaubt. Hatte nur Smalltalk mit mir gehalten, damit er die Zeit überbrücken konnte.

Interpretier nicht immer irgendwas hinein, wenn ein gut aussehender Typ mit dir redet, dumme Annie!

Ich wollte nur noch schnell raus hier, damit ich heulen konnte. Meine Beine wurden immer schneller, ich bog ums Eck und spürte nur noch, wie etwas Nasses auf meine Bluse geschüttet wurde. Mit offenem Mund starrte ich in braune Augen ... ein Typ hatte mir seinen Punsch auf die Bluse geschüttet.

»Shit, tut mir leid.«

Er schien erschrocken. Ich seufzte genervt.

»Jaja, ist eh nicht mein Tag.«

Und nach dem Punsch-Desaster hatte ich erst recht genug. Ich strich mehrmals über den riesigen Fleck auf meiner Bluse.

»Das wird sicherlich nicht so einfach rausgehen«, sprach der Typ, der immer noch wie angewurzelt vor mir stand. Ich aber konzentrierte mich auf den Fleck.

»Ist nicht meine Bluse, also hoffentlich geht es raus!«

»Ähm ... dann empfehle ich dir die Toilette hinten.«

Jetzt blickte ich zu ihm hoch. Er lächelte.

»Ich würde dir raten, das schnell mit Wasser auszuwaschen«, schlug er vor, und ich ging in Windeseile los. Nach der zweiten Tür fand ich auch endlich das Bad. Es war klein, aber Hauptsache es war eines. Ich nahm mir ein Tuch, befeuchtete es, und versuchte den Fleck zu entfernen.

»Mist ...«

»Klappt nicht?«

Ich sah wieder in die braunen Augen des Typs, der angelehnt am Türrahmen stand. Er hatte ein kariertes, kurzärmliges Hemd an, dazu Jeans. Er hatte Geschmack. Ich seufzte.

»Shit«, fluchte ich.

»War das Teil teuer?«

Ich zuckte mit den Schultern. »Meine Mitbewohnerin hat es mir geliehen. Musst du sie fragen.«

»Ein toller Start fürs Zusammenleben.«

So konnte man es auch sehen.

»Ich bezahl dir das Teil.«

Ich sah ihn überrascht an.

»Lass mal stecken.«

»Ich bin übrigens Jake.«

Er hielt mir seine Hand entgegen. Ich erwiderte den Händedruck.

»Annabelle. Aber nenn› mich Annie.«

»Ok, freut mich, Annie. Und ich zahl dir das Teil trotzdem. Ich will keinesfalls der Grund sein, dass du Stress mit deiner Mitbewohnerin hast.«

Ich lächelte, er war wirklich nett. *Alarmglocken, Annie! Finde nicht jeden Kerl, der mit dir redet und freundlich wirkt, mehr als nur nett.*

Ich musste die Situation entschärfen. Er schien zu merken, dass mir unwohl wurde.

»Lust was zu trinken?«, fragte er mich.

Ich wedelte mit meinem Becher.

»Hab schon. Und der restliche Inhalt deines Bechers ist auf meiner Bluse.«

Daraufhin musste ich lachen, er kratzte sich beschämt am Hinterkopf.

»Ja, deswegen hol ich mir wohl mal einen neuen Drink.«

Jake erzählte mir mitten auf der Party von seiner Familie, was er für Interessen hatte und dass er kein Fan von Alkohol sei, aber da er auf der Highschool schon nicht viel gefeiert hatte, wollte er den Fehler auf dem College keinesfalls wiederholen. Allerdings verstand ich nicht warum, denn er war der Typ Mann, den man sicherlich als Schönling bezeichnen konnte. Schlank, groß, gut aussehend und er hatte was im Kopf. Und, ach ja, während wir uns unterhielten, drehte er sich kein einziges Mal zu einer anderen Frau um.

Und das war echt erstaunlich, denn selbst ich musste manchmal zweimal hinschauen, wenn ich eine Wasserstoffblondine in Doppel D sah. Ich war mir nicht sicher, ob dieser Jake wirklich »echt« war.

»Und was machst du so?«, stellte er mir die Frage.

Ich überlegte. Sollte ich ihm von meiner kaltherzigen Mutter erzählen, oder doch erst damit anfangen, dass ich schokisüchtig war und bei jedem abendlichen Futteranfall in Depressionen versank? Oder erst damit, dass ich Partys einfach nur hasste und lieber nur ein Buch lesen würde? Doch bevor ich mich blamieren konnte, hörte man plötzlich Folgendes:

»Annabelle, du bist ja doch hier?«

Logan … warum auch immer, aber ich setzte meinen genervten Blick auf, denn neben ihm stand die Blondine von vorhin. Jetzt sah man ihr ganzes Gesicht. Hübsches Ding. War ja klar!

»Annie«, korrigierte ich ihn genervt.

»Ja, genau.«

Jetzt nahm er auch Jake wahr. Er musterte ihn skeptisch.

»Ich bin Logan.«

»Jake ...«

Warum schauten die beiden sich so merkwürdig an? Oder bildete ich mir das jetzt ein?

»Stör ich hier?«, stellte Logan die Frage in den Raum, und Jake und ich sahen uns fragend an. Störte er? Bei was sollte er denn stören? War ja eine öffentliche Party, und wir hatten uns nur in eine Ecke verdrückt, um in Ruhe zu quatschen.

»Wenn du so fragst: ja«, antwortete Jake ihm, und Logan sah mich daraufhin überrascht an.

Ich war genauso erstaunt von Jakes Antwort.

»Ähm ... dann, noch viel Spaß.«

Logan schaute kurz zu mir herüber, zog dann aber die Blondine mit sich.

»Sorry, dass ich das gesagt habe, nur du sahst genervt aus ... und ...«, versuchte Jake sich zu erklären. Aber das brauchte er gar nicht.

Ich schüttelte den Kopf. »Schon okay. Logan ist ein komischer Kerl.«

Jake sah noch mal kurz rüber zu ihm.

»Ja ... ich kenne ihn nicht, geredet wird aber viel.«

Ich sah ihn fragend an.

»Was meinst du damit?«

»Er ist einer von der Sorte, der nichts anbrennen lässt ...«

Ich verstand sofort, und klar: Solche Typen waren immer die Klassenclowns und gleichzeitig wahnsinnig beliebt bei den Mädels. Das setzte sich also auch auf dem College fort. Nur mit dem Unterschied, dass ich dachte, ich gehörte für eine kurze Zeit zu diesen Mädels ... aber man lernte nie aus. Ich war halt einfach nicht diese Art von Frau, die ein Logan bevorzugte.

Nur komisch, dass man schon jetzt so viel über Logan redete.

»Und woher kennst du Logan?«

Jakes Frage riss mich aus meinen Gedanken.

»Ach, er hat mich gestern vollgequatscht«, wiegelte ich ab.

Ich wollte einfach nicht mehr über ihn reden.

»Sag mal, wenn du morgen Zeit hast, würde ich dich gerne zum Kaffee einladen. Was meinst du?«

Ich sah ihn überrascht an. Ein Date? Zum Kaffee? Meinte er das ernst?

»Klar«, antwortete ich vielleicht etwas zu fröhlich.

Jake antwortete mir mit einem Lächeln. »Schön.«

Wir tauschten unsere Nummern aus, und ich brachte Gigi dann nach Hause. Sie hatte ein bisschen zu viel getrunken. Jake versprach mir, sich zu melden, um mir dann mitzuteilen, wann und wo wir uns treffen wollten. Morgen stand zunächst die erste Vorlesung an: Wirtschaftsphilosophie.

Normalerweise gähnend langweilig für jeden, der sich damit beschäftigen musste. Mich interessierte es total. Auch wenn es mir für das spätere Medizinstudium nicht viel bringen würde.

Am nächsten Tag besorgte ich mir in der Cafeteria ein Sandwich und etwas Süßes. Nervennahrung war genau das Richtige. Ich setzte mich in der Mensa an einen Tisch und Gigi folgte mir genervt. Sie hatte immer noch einen Kater und trug deshalb eine obszön große Sonnenbrille.

»Möchtest du nicht wenigstens etwas trinken? Das spült den Alkohol raus?«, fragte ich sie und biss in mein Sandwich.

»Neee, der Alkohol ist längst draußen. Die Kopfschmerzen wollen nur nicht verschwinden«, jammerte sie und vergrub ihren Kopf in ihre Arme, die auf dem Tisch lagen. Ich schüttelte den Kopf.

Ich kannte Gigi gerade mal 24 Stunden und wusste schon jetzt, dass sie keinerlei Bock aufs College hatte, aber von ihren Eltern gedrängt wurde. Sie liebte es, vom männlichen Geschlecht beachtet zu werden. Der überdurchschnittliche Verzehr von Alkohol sei mal dahingestellt.

»Du musst mich retten!«

Ich drehte mich um, und Logan saß plötzlich völlig außer Atem neben mir. Ich sah ihn überrascht an. Was wollte der denn?

»Bitte?«

Er duckte sich etwas.

»Die Kleine von gestern nervt mich tierisch.« Er sah zur Tür hinüber und ich folgte seinem Blick.

»Schau nicht direkt hin«, warnte er mich, und ich sah wieder zu ihm.

»Wen meinst du denn?«

»Na, die Kleine von gestern Abend auf der Party!«

Ich drehte mich noch mal um, und sah, wie die Blondine vom Partyabend wieder aus der Mensa ging. Sie hatte ihn nicht entdeckt.

»Ach, du meinst die magere kleine Blondine auf 12 Uhr?!« Hatte ich das gerade laut gesagt?

»Woooow, ist da einer neidisch?«

Ich sah ihn genervt an. »Neidisch? Auf was?«

»Na ja, die Kleine hatte schon `ne super Figur.«

»Ich kann sie auch gleich mal zu mir rufen, damit du ihr selbst sagen kannst, wie sehr sie dich nervt. Wie war ihr Name noch mal?«

Ich wollte ihr hinterher, doch da bekam Logan auch schon wieder Panik.

»Warte, sorry.« Ich grinste zufrieden. »War nicht so gemeint«, entschuldigte er sich.

»Geht doch.«

Jetzt nahm Logan Gigi wahr, die noch immer mit dem Kopf auf dem Tisch lag.

»Ähm ... geht's ihr gut?«

Ich blickte kurz rüber und winkte ab. »Ach, sie hat sich nur gestern abgeschossen. Lass sie schlafen.«

»Sag mal, wer war eigentlich dieser Jake? Dein Freund?«

Er nahm meinen Nachtisch, den Schokoriegel, vom Tablett und begann ihn zu essen.

Ich blickte ihn zähneknirschend an, während ich ihm antwortete: »Er sprach mich gestern an, und wir haben uns nett unterhalten.«

»Nett unterhalten? Nennt man das heute also so, wenn man sich heiß findet?«

»Was?«

»Na, du sprichst, als wenn du ´nen Stock im Arsch hast. Dein ganzes Auftreten, viel zu passiv.« Er wedelte mit der Hand, als würde mein Aussehen das noch unterstreichen.

Was war das jetzt? Eine Lehrstunde von Mr. Womanizer höchstpersönlich? Und schon war der Schokoriegel Geschichte.

»Für Jake ja wohl nicht zu passiv«, antwortete ich genervt.

»Frag mich nicht wieso, aber er mag dich«, schlussfolgerte er.

So langsam ging der Kerl mir echt auf den Sack.

»Sag mal, habe ich ganz laut gerufen: „Idiot, finde mich“? Oder wieso sitzt du hier und erzählst mir Dinge, die mich null interessieren?«

Er schien wirklich darüber nachzudenken ... Arsch.

»Also das mit dem Idiot war ja schon etwas gemein.« Hatte er für jeden Mist eine blöde Erklärung? Ich packte meine Bücher zurück in die Tasche.

»Keine Ahnung, wieso du mich ständig nervst, lass mich einfach in Ruhe«, fuhr ich ihn an.

Er zuckte mit den Schultern.

»Es gefällt mir, mit dir zu reden«, antwortete er, und diesmal hatte seine Stimme nichts Sarkastisches oder Ironisches an sich.

Ich stoppte das Einpacken sofort. War das jetzt ehrlich gemeint? Wieder fielen mir die blauen Augen auf. Mein Handyklingelton riss mich plötzlich aus dem kurzen Moment der Stille. Ich sah auf das Display und lächelte zaghaft. Jake hatte mir geschrieben.

»Lass mich raten: Du musst los?«, beendete Logan die Stille.

Ich nickte und stand auf. »Vielleicht sieht man sich später«, verabschiedete ich mich. Hatte ich das wirklich gesagt?

»Sicher. Bis später, Annabelle.«

»Annie«, korrigierte ich ihn genervt, während ich durch die Mensa ging. Er nickte mir zu und lächelte kurz.

Logan

»Süß«, flüsterte ich verträumt und sah Annie noch kurz nach.

Die Kleine hatte Pfeffer im Hintern. Sie war hübsch, zwar kein Victoria's-Secret-Model, aber sie hatte was an sich. Deswegen konnte ich nicht wegsehen, wenn sie wegen mir wütend wurde. Und dieser verdammte Jake konnte auch nicht wegschauen.

Das Grunzen riss mich aus meiner Träumerei. Annies Freundin hatte das Geräusch verursacht. Ihr Kopf lag immer noch auf dem Tisch. Schmunzelnd stand ich auf und klopfte ihr tapfer auf die Schulter.

»Zwei Aspirin und ganz viel Wasser. Das wird wieder.«

Wieder brummte sie und ich verzog mich langsam. Meine Blicke schossen in sämtliche Richtungen. Damit mir nicht doch noch die Blondine vor die Füße gelaufen kam.

Kapitel 3

Annie

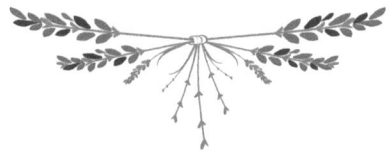

Eine Stunde später liefen Jake und ich mit einem Becher Kaffee in der Hand über den Campus. Er sah wie immer super aus, in dem kurzen Hemd und der verschlissenen Jeans. Ich war nach der SMS noch ins Wohnheim gegangen und hatte eine halbe Stunde gebraucht, um mich für eine schwarze Jeans und eine Bluse zu entscheiden. *Schwarz streckt.*

»... und deine Mitbewohnerin war wirklich nicht sauer wegen der Bluse?«

»Sie hat noch gar nichts gemerkt. Gigi arbeitet noch daran, ihren Kater auszukurieren.«

Er nickte verständnisvoll. »Ach so.«

»Und wie waren deine ersten Kurse?«

Er zuckte mit den Schultern. »Frag mich noch mal in einer Woche.«

»Das mach ich.«

Unsere Blicke trafen sich, und sofort fühlte ich, wie mein Gesicht leicht errötete. *Wegdrehen, Annie. Bevor er es bemerkt.*

Jake räusperte sich. Er hatte es mitbekommen!

»Annie ...« Wir kamen an meinem Wohnheim an.

»Hier wohne ich«, unterbrach ich ihn.

Er sah sich das Gebäude kurz an und nickte dann.

»Es war schön heute«, sagte ich ihm und lächelte schüchtern. In letzter Zeit hatte ich einfach zu selten üben können.

»Ich würde dich gern wiedersehen«, sagte er.

Die Worte kamen so schnell und überraschend, dass ich ihn erschrocken ansah.

»Oh ... ähm ...«, stotterte ich.

Jake sah mich erwartend an.

»Ähm ... klar, wieso nicht.« Es war wohl eine zufriedenstellende Antwort für ihn, denn jetzt nickte er lächelnd.

»Ich ruf dich an.«

»Klar, mach das«, antwortete ich grinsend.

Er gab mir einen leichten Kuss auf die Wange, wobei ich hätte schwören können, dass er einen Moment danach kurz innegehalten hatte. Dieser Moment war aber so schnell vorbei, sodass ich mich schneller wieder gefasst hatte.

Verdammt noch mal, zwei Tage College, und dann so etwas!

Ich warf in meinem Zimmer die Tasche aufs Bett und holte die Bücher raus. Die andere Seite des ca. 25 qm großen Zimmers bewohnte Gigi. Jeder hatte Bett, Schrank und Persönliches mitgebracht. Es sah schon fast wohnlich aus. Bevor ich mich an meine Bücher setzen konnte, klopfte es an der Tür. Wer war das denn jetzt?

Ich öffnete die Tür - und siehe da: Logan stand vor mir.

Er stand lässig am Türrahmen.

»Hey.« Seine Stimme klang rau und mit einem Unterton in der Tonart, die mich kurz erzittern ließ. *Zusammenreißen, Annie. Aber schnell.*

»Was willst du denn hier?«

»Besuchen.«

Logan ging an mir vorbei, direkt ins Zimmer. Sofort sah er sich neugierig um. Ich schloss die Tür hinter mir.

»Ähm ... habe ich dich reingebeten?«

Er legte sich auf Gigis Bett, seine Tasche noch immer halb auf seinem Rücken.

»Das ist nicht dein Bett«, erklärte ich ihm.

»Sondern?«

»Von meiner Mitbewohnerin.«

»Wenn das die ist, die vorhin komatös in der Mensa lag… die liegt da immer noch, deswegen denke ich, wird das Bett momentan nicht gebraucht.«

Ich verdrehte die Augen und setzte mich wieder an den Schreibtisch.

»Was machst du da?«, fragte er.

Ich las in meinem Buch.

»Ein Buch lesen«, antwortete ich ihm, ohne aufzusehen.

»Ein Buch lesen ...«, wiederholte er meinen Satz, als hätte ich Cholera.

Logan setzte sich auf. »Wofür?«

»Mmmh ... ich weiß nicht ... vielleicht fürs College?«, konterte ich.

Der Kerl brachte mich jedes Mal dazu, selbst ironisch zu werden. Aber er ließ mir auch echt keine andere Wahl.

»Okay, werd doch nicht gleich zickig«, konterte er.

Jetzt reicht's. Wieder drehte ich mich zu ihm um.

»Hast du nicht irgendwas zu tun? Ein Mädel aufgabeln, dich vor ihr verstecken oder sonst irgendwas, was nicht mit mir zu tun hat?«

»Ja weißt du, wenn wir gerade von ›irgendwas‹ reden. Hast du zufällig die Notizen vom Wirtschaftsphilosophiekurs?«

Aha, daher wehte also der Wind.

»Du willst meine Notizen?«

Er nickte zögerlich.

»Und warum willst du sie?«, fragte ich misstrauisch nach.

»Weil ich anderweitig beschäftigt war.«

Ich verdrehte die Augen und bereute ›meine Frage‹ auch schon wieder.

»Lass mich raten: Diese Beschäftigung war weiblich und ihr wart nackt.« *Wieso musste ich darüber noch weiter reden? Warum nachhaken, Annie? Bist du völlig verrückt?*

»*Sie* war nackt«, korrigierte er stolz.

Ich schüttelte mich.

»Bitte keine Einzelheiten mehr. Ich gebe dir doch

nicht meine Notizen, damit du dann ewig hier ankommst, weil du den Kurs nicht mitmachst.«

»Nicht ewig. Nur einmal.«

Ich schüttelte genervt den Kopf.

Einmal, Annie. Einmal gibst du ihm die Notizen. Aber auch nur, damit er dich nicht weiter nervt.

Ich suchte in der Tasche und gab ihm meinen Block.

»Hier. Aber das ist das erste und einzige Mal.«

»Oh danke.« Er nahm den Block an sich und umarmte mich überschwänglich. »Du rettest mir den Arsch.«

»Du solltest einfach anwesend sein. Dann brauchst du niemanden nach Notizen fragen«, antwortete ich und ignorierte Logans angenehmen Geruch nach Duschgel.

»Ach, ich sitz den Mist hier eh nur ab«, erklärte er mir nebenbei und steckte den Block in seinen Rucksack.

Ich war überrascht über die Antwort.

»Wie meinst du das?«

Er schien verwirrt. Wollte er mir nicht so viel verraten?

»Unwichtig. Ich danke dir, Annabelle.« Er stand auf.

»Annie, klar. Merk dir das mal!«

»Ja genau.« Logan grinste mich so dümmlich an, dass ich wusste, er würde sich das auf keinen Fall merken. »Ich gebe dir die Notizen die Woche wieder.« Ich nickte und verlor mich wieder in meinem Buch.

»Und, Annie?« Ich sah zu ihm hoch.

»Du siehst heute hübsch aus.«

Schon wieder hatte er diese Ernsthaftigkeit in seiner Stimme durchklingen lassen. Oder bildete ich mir das nur ein?

Die Wochen vergingen. Das College machte mir Spaß, außer ein paar Kurse, die mir einfach zu langweilig waren, weil ich den Stoff bereits kannte (wenn man sonst nichts zu tun hatte in den Sommerferien, dann halfen eben Aufbauseminare!).

Obwohl Gigi eher die Lockere von uns beiden war, lieber feierte, und kaum etwas davon hielt, Kurse zu besuchen, verstanden wir uns trotzdem echt gut. Jake und ich trafen uns fast täglich, ob zum Kino oder zum Essen. Wir hatten immer viel Spaß zusammen.

Aber irgendwie wartete ich darauf, dass mehr daraus wurde. Warum es bisher nicht passierte, wusste ich nicht. Er hatte einfach nie den Versuch unternommen, mehr daraus zu machen. Und so langsam kam ich mir echt blöd vor. Es war bereits Ende September, aber das Wetter war noch immer mild.

Deswegen saß ich auf einer Decke auf einer der vielen Wiesen auf dem Campus. Ich war nicht die Einzige, viele Studenten hatten es sich hier gemütlich gemacht. Ich war in mein Buch über Jane Austen vertieft. Ich musste den Aufsatz über sie unbedingt bis nächste Woche fertig haben.

Ich lag mit dem Bauch auf der Decke, genoss die frische Luft und die milden Temperaturen. Die Sonne strahlte über mir, besser hätte der Tag nicht beginnen können.

»Na ...« Logan setzte sich neben mich auf die Wiese. Er stützte seine Ellbogen auf die Knie.

»Hey.« Ich setzte mich auf.

Wir sahen uns immer wieder mal auf dem Campus, und irgendwie hatte sich da eine klitzekleine Freundschaft entwickelt.

»Was liest du denn da?«

»Hausaufgaben.«

Er beugte sich zu mir herüber und las den Titel.

»Jane Austen?« Logan setzte sich wieder hin. »Wieso wundert mich das jetzt nicht?«

»Komm, sprich es aus«, seufzte ich, weil ich Logan bereits kannte. Er musste ständig seinen Senf dazugeben. Ob man wollte oder nicht.

»Sie war ja nicht gerade dafür bekannt, heiße Storys geschrieben zu haben.«

»Mir gefallen ihre Werke«, sagte ich.

»Was gefällt dir denn bitte daran? Sie schrieb ständig über Weiber, die heiraten sollten. Was sie am Ende immer taten. Sie hat also dafür gesorgt, dass das Klischee schön bedient wird.« *Oha, da geht einer aber voll in seiner Meinung auf.*

»Das war halt die Zeit damals«, versuchte ich, ihr Handeln zu erklären. Er schien einige Bücher von ihr gelesen zu haben, während der Schulzeit, aber er hielt nicht viel davon. Gut, welche Männer mochten so viel Geschnulze schon?

»Klar, dass du das unterstützt. Annabelle wartet sicher immer noch auf ihren Prinzen«, und er verdrehte gespielt die Augen.

»Annie«, korrigierte ich ihn zum hundertsten Mal. Er machte sich lustig über mich. »Ich glaube, es ist

nicht verkehrt, seine Träume verwirklichen zu wollen.«
Ich packte mein Buch weg.

Genug Jane Austen für heute. Logan hatte es mir
vermiest. Er beobachtete mich dabei.

»Wenn man Ziele im Leben hat, treibt das einen nur
noch weiter an.«

»Du meinst, einen geeigneten Ehemann zu finden?«,
fragte er. Hatte ich das jetzt so ausgedrückt?

»Nein, ich meinte es im Allgemeinen halt.«

»Ärztin zu werden?«, fragte er weiter.

Erstaunt sah ich ihn an. Ich hatte es einmal beiläufig
erwähnt, und er erinnerte sich noch daran?

»Ja, zum Beispiel.«

»Wäre ich du, würde ich mir alles offenlassen.«

»Lässt du dir denn alles offen?«

»Ach, ich werde der Nachfolger meines Vaters, von
daher ist es egal, was ich will.«

Er sprach es so beiläufig aus, dass ihm erst auffiel,
wie viel er mir gerade offenbart hatte.

»Vielleicht sagst du deinem Vater einfach mal, dass
jeder seine Träume hat.«

Er seufzte. Und da wirkte er auf einmal nicht mehr
wie der selbstbewusste Logan. Er war unsicher und
schien frustriert. Das Thema beschäftigte ihn wohl sehr.

»Wieso erzähl ich dir das überhaupt?«, fragte er sich
selbst.

Ich zuckte mit den Schultern. »Vielleicht tut es einfach mal gut, Dinge auszusprechen?«

Er schaute mich an, und ich erwiderte seinen Blick.

Es gab in letzter Zeit oftmals diese Momente mit Logan ... er tauchte im Kurs neben mir auf, in der Mensa oder jetzt hier draußen und unterhielt sich mit mir. Und unsere Gespräche gefielen mir immer mehr, auch wenn ich zugeben musste, dass mir seine oberflächliche Art nicht so sehr ans Herz gewachsen war. Ich hatte das Gefühl, dass das nicht der wirkliche Logan war. Aber er schien es für sich zu brauchen. Irgendwie.

Plötzlich veränderte sich sein Blick. Er wirkte leicht nervös, zupfte am Gras herum.

»Heute Abend steigt eine Party. Im Green-House. Vielleicht kommst du vorbei?«

Ich zuckte mit den Schultern, weil ich kein großes Interesse mehr an Partys hatte. Eine im Jahr würde mir reichen.

»Mal sehen.«

»Verkriech dich nicht. Mach mal was, was auch Spaß macht. Miss Austen kann warten.« Er stand auf, rieb sich die Hose sauber. »Was für ein schrecklich heißes Wetter! Es hält mich in einem Zustand dauernder Uneleganz.« Er zitierte aus ihrem Buch? Ich lächelte leicht.

»Schön zitiert.«

»Na ja, fiel mir gerade so ein.« Sein Schulterzucken wirkte schon fast schüchtern. Dann ging er davon.

Logan war echt ein Idiot.

Kapitel 4

Annie

Ich bat Jake, mich zur Party zu begleiten. Wir waren seit der Erstsemester-Party nicht mehr auf einer Feier zusammen gewesen. Ich hielt einfach nicht viel davon, aber da Gigi mich sowieso immer nervte, auf alle Partys, die es gab, zu gehen, und ich immer ablehnte, wollte ich heute eine Ausnahme machen. Wir hatten Wochenende. Logan bat mich zu kommen, und zwischen mir und Jake war es irgendwie zum Stillstand gekommen. Mich abzulenken würde guttun.

Ich trug einen knielangen Rock, dazu ein Top und eine dünne Jacke. Meine Haare hatte ich diesmal hochgesteckt. Jake war wie immer perfekt angezogen, trug lässige Jeans und dazu ein dunkelblaues Hemd.

»Ganz schön voll hier«, meinte Jake, während wir uns im Haus umsahen.

Das typische Bild einer Party. Viele Studenten in einem viel zu kleinem Haus. Die Musik dröhnte mit voller Wucht.

»Ich hol uns mal was zu trinken«, rief er in mein Ohr.

Diese kurze Nähe zu ihm gefiel mir und ich spürte sofort ein Kribbeln. Er ging weiter ins Haus hinein. Es war frustrierend. Ich traute mich nicht, ihn einfach auf alles anzusprechen. Aber es hatte sich doch auch nichts daran geändert, dass der Mann die Initiative ergriff, oder?

Während ich mich wartend umsah, rannte eine splitterfasernackte Frau an mir vorbei, gefolgt von einem lachenden und grölenden Typen, der sie fangen wollte. O-Okay, das war krass.

Dann erschrak ich, als ich von hier aus sehen konnte, wie im Nebenzimmer die Stereoanlage auf den Boden flog. Verschuldet durch einen zu besoffenen Typen.

Raus hier! *Aber sofort,* dachte ich mir nur noch und lief ein ganzes Stück hinaus. Die Nacht war wirklich schön, den ganzen Sternenhimmel konnte man sehen.

»Hier bist du.«

Jake kam auf mich zu und überreichte mir einen Becher.

»Danke.«

Stille. Wie sehr ich das momentan hasste.

»Du siehst echt schön aus heute.«

Ich blickte zu ihm hoch, er hielt auch meinem Blick stand. Ich schmunzelte.

»Wirklich?«

»Würde ich es sonst sagen?«

Wieder sahen wir uns nur an. Verdammt noch mal, war das immer so? So verdammt schön? Dieses Kribbeln? Diese Blicke?

Er berührte meine Wange und strich leicht über meine Haut. Oh Mann, ich glaubte, mein Herz würde gleich aus der Brust springen.

»Ich wollte dich schon lange was fragen, Annie ...«

»Was denn?«

»Ich würde dich gerne küssen ...«

»Dann ... tu es doch ...«, flüsterte ich, doch bevor es wirklich passierte, unsere Lippen sich endlich trafen, klingelte auf einmal etwas.

»Ich glaube, das ist dein Handy«, sprach ich.

Jake seufzte genervt auf. Er holte es aus seiner Hosentasche.

»Ja?« Jake schien konzentriert zuzuhören. »Ist das dein Ernst? Ich hab dir gesagt, schieß dich nicht ab. Ja, ja, ich komme.« Er legte frustriert auf und schaute wirklich genervt aus. »Tut mir leid, Annie ...« Er nahm meine Hand. »Ich muss meinen Mitbewohner abholen. Er hat mal wieder zu viel getrunken und weiß nicht, wie er nach Hause kommt.«

Ich nickte. »Klar. Kein Problem.« Meine Enttäuschung versuchte ich zu überdecken.

»Ich ruf dich morgen an, ja?«

Ich nickte und versuchte, keinesfalls zu enttäuscht auszusehen. Er gab mir einen Kuss auf die Wange und ging dann los. Ich sah ihm nach. So kurz davor, und wieder nichts.

Frustriert darüber setzte ich mich an den nächsten Baum und beobachtete das Treiben vom Green House. Lautes Gekicher und lautstarke Musik, also die perfekte

Studentenparty. Ein Pärchen kam aus dem Haus gelaufen. Er musste sie stützen. Sie war wohl völlig betrunken.

Als die beiden näher kamen, erkannte ich Gigi. Sie war auch auf der Party? Aber wer war der Kerl?

»Komm schon ...«, seufzte der Typ.

»Neeee, ich habe keine Lust«, nuschelte sie

Moment mal ... er küsste sie, doch sie versuchte, ihn wegzudrücken. Sofort lief ich auf die beiden zu.

»Hey, lass die Pfoten von ihr!«

Der unbekannte Mann sah zu mir rüber. Ich konnte Gigi sehen, völlig fertig, kaum ansprechbar, und sie hielt sich gerade so auf den Beinen.

»Annie?« Sie lallte. Oh Gott, sie war völlig dicht.

»Kennen wir uns?«, fragte mich der Typ.

»Ich kenne Gigi. Und sie hat Nein gesagt. Mehr als deutlich, glaube ich.«

Er ließ Gigi los, die direkt mit dem Hintern auf dem Boden landete.

»Und du willst jetzt was tun?« Er drohte mir. Gar nicht gut.

»Gibt es hier ein Problem?«

Wir drehten uns um. Logan stand mit einem mir unbekannten Mädel im Arm vor uns. Er sah mich fragend, aber ernst an. Mann, war ich froh, ihn zu sehen.

»Gigi ... es geht ihr nicht gut.« Ich lief sofort zu ihr, um sie zu stützen. Logan stellte sich zu dem Unbekannten.

»Und was hast du hier draußen mit ihr zu suchen?«,

hörte ich Logan fragen, während ich Gigi besorgt musterte.

»Nichts ... sie wollte frische Luft schnappen und ich bin nur ...«

»Verzieh dich!«

Das tat er auch sofort, und Logan blickte wieder zu uns. Ich versuchte, sie hochzuziehen.

»Du musst schon mitmachen, Gigi« erklärte ich ihr.

»Waaaass ... ach, Aaaannnnie ... hey.« Sie betatschte mich überall.

»Lass mich das machen ...« Logan griff sich Gigi und nahm sie in die Arme.»Ich trage sie.«

Ich sah ihn dankbar an. Wir wollten loslaufen, als Logans Mitbringsel uns wütend anschaute.

»Und was ist mit mir, Logan?«

»Geh nach Hause«, rief er ihr zu, und wir liefen weiter. Er trug sie bis ins Wohnheim und legte sie auch noch in ihr Bett. Gigi bekam nichts mehr davon mit. Sie schlief die ganze Zeit tief und fest.

»Sie wiegt mehr, als sie tatsächlich aussieht«, stellte er fest.

Ich sah ihn drohend an, aber dachte dann sofort an seine tolle Hilfe.

»Danke, Logan. Ohne dich hätte ich sie vermutlich gar nicht mehr herbringen können.«

Logan sah noch mal rüber zu ihr.

»Sie übertreibt ganz schön mit ihren Besäufnissen.«

Ich nickte seufzend. Ja, sie war wirklich bekloppt.

»Ich will gar nicht wissen, was der Typ mit ihr

gemacht hätte, wenn ich sie nicht gesehen hätte«, stellte ich die unheimliche Tatsache fest.

»Was hast du eigentlich da draußen gemacht?«, fragte er mich jetzt.

Ich zuckte beiläufig mit den Schultern. »War mir zu laut da drinnen.«

Logan schmunzelte. »Du gehst auf eine Party und verlässt sie dann, weil sie zu laut ist?«

Ich nickte beschämt. Ja, ich war schon manchmal etwas komisch. Aber ich war halt nicht der Typ für Partys. Ein Geheimnis war das nicht gerade.

»Du bist echt merkwürdig, weißt du das?«, sagte er und blieb dabei ernst. Machte er also keine Witze darüber? Wir standen mitten im Zimmer und schauten uns einfach an.

Logan räusperte sich plötzlich und versuchte wohl einen neuen Ansatz zu finden. Die Situation war auch so skurril genug.

»Ich glaube, ich geh mal wieder zurück.«

Ich nickte, zu mehr war ich nicht imstande.

»Ja, ich pass auf sie auf«, erklärte ich.

Logan ging zur Tür, drehte sich aber sofort wieder um, nachdem er den Türrahmen ergriffen hatte.

»Und dir geht's auch gut?«

Ich schien kurz über seine komische Frage nachzudenken. »Ja ... wieso?«

»Ich weiß nicht. Du warst allein da draußen, und dann der Grapscher und Gigi ... da ist man manchmal emotional angeschlagen.«

»Mir geht's gut, Logan«, lächelte ich und war gerührt von seiner Sorge.

»Versteh das nicht falsch, ich wollte nur nachfragen, weil ...« Ihm schien nichts weiter einzufallen. War er nervös?

».... weil wir vielleicht Freunde sind?«, beendete ich für ihn den Satz.

»Joar ... Freunde ...«, dabei wurde er plötzlich ruhiger, steckte die Hände in die Hosentasche und nickte dann. »Weil wir Freunde sind ...«

Kapitel 5

Annie, Herbst 2009

Jake und ich waren mittlerweile ein Paar geworden. Es war alles so schnell gegangen, dass ich es kaum glauben konnte. Aber er fand mich, so wie ich war, super. Obwohl ich ab und an meiner Schokisucht erlag. Auch Logan wurde immens wichtig für mich. Er brachte mich zum Lachen, und ich glaubte, ihm tat es auch gut, keinesfalls nur Männer als Kumpels zu haben. Er hatte zwar seine Eigenarten, aber hatte die nicht jeder?

Trotz unserer wahnsinnigen Unterschiede funktionierte es ... also unsere Freundschaft. Komisch ... aber es war auch irgendwie schön.

Logan und ich waren gerade auf dem Weg zur Mensa nach dem Wirtschaftsphilosophie-Kurs. Während wir durch die Gänge liefen, jammerte er wie üblich herum.

»Jedes Mal lass ich mich überreden ... wieso hör ich überhaupt noch auf dich?«, jammerte er wieder herum.

»Hast du den Kurs gewählt, oder ich?«, fragte ich belustigt.

»Ja heißt das denn auch, dass ich dran teilnehmen muss?«

»Ich hab dir gesagt, dass ich dir keine Notizen mehr geben werde, und du brauchst die Punkte für die Abschlussarbeiten«, tadelte ich ihn.

Wir kamen in der Mensa an und stellten uns an der Essensausgabe an.

»Das einzig Gute ist, dass heute Freitag ist«, verkündete er stolz.

»Welche Party steht an?«

»Keine Ahnung, irgendeine.«

Ich verdrehte die Augen und stellte mir Salat, Saft und einen Schokoriegel auf mein Tablett.

»Wieso fragst du? Etwa Lust mitzukommen?«, fragte er jetzt. Eigentlich stellte er immer dieselbe Frage, wenn es um Partys ging.

Logan packte sein Tablett, das voll beladen mit Sandwiches war, und ich schüttelte den Kopf.

»Jake kommt vorbei …«

»Oh, klar«, antwortete er jetzt viel ruhiger. »Ein bisschen Zweisamkeit genießen.«

Ich blickte ihn an.

»Manche von uns sind halt beziehungsfähig.«

Wir setzten uns hin, als wir einen Tisch gefunden hatten, aber Logan musste natürlich noch lauthals lachen.

»Beziehungsfähig? Hat er dich überhaupt schon mal nackt gesehen?«

Nein, hatte er nicht … leider … ich war mir unsicher.

Jake war mein erster fester Freund und mehr als Knutschen war einfach noch nicht drin gewesen. Ich sah Logan an, der mich die ganze Zeit musterte.

»Er hat dich echt noch nicht nackt gesehen?«

Scheiße, ich hatte zu lange überlegt und so konnte er die Antwort von meinem Gesicht ablesen.

»Was redest du denn da?«, antwortete ich ihm, schon fast zu übertrieben entsetzt. »Wir ... also ... wir ... ich ...«, stammelte ich vor mich hin.

Natürlich grinste er.

»Ist doch okay, wenn ihr euch Zeit lasst. Verstehe zwar nicht, wieso *er* wartet, aber na ja ...«

»Was meinst du denn damit jetzt?«, fragte ich neugierig.

Logan biss genüsslich in eines seiner Sandwiches und kaute und kaute. Das machte er doch mit Absicht.

»Kerle sind anders gestrickt. Sie haben Bedürfnisse, die gestillt werden wollen.«

»Ja klar, bei dir bestimmt. Jake ... ist da anders ...«

Logan wiederum schüttelte lachend den Kopf.

»Sag mal, glaubst du das, was du da ständig quatschst, eigentlich selbst?« Ich wurde immer unsicherer. War Jake wirklich nicht anders?

»Pass auf, ich will ja nicht sagen, dass Jake dich nicht mag, aber es ist schon komisch, wenn ihr ...«

Logan machte eine merkwürdige Handbewegung, und ich verstand nur Bahnhof. Er bemerkte meine Ahnungslosigkeit und verdrehte die Augen.

»... warte einfach nicht zu lang.«

Jetzt bekam ich wirklich Panik. »Warum ... ich meine, was meinst du damit genau?«

Er aß weiter. Wie kann er bei so einem Thema noch in Ruhe essen?

»Wie alt ist Jake? 19, 20?«

Ich nickte.

»Im Durchschnitt beginnt der männliche Teenager in den USA mit 17 Jahren damit, sexuell aktiv zu werden. Hat pro Jahr so ungefähr 10 -15 verschiedene Partnerinnen. Kannst dir ja selbst ausrechnen, wie viele Jake schon hatte ... und wenn ich jetzt mal glauben kann, dass er die ganze Zeit, die er dich jetzt kennt, enthaltsam gelebt hat ... puuuh, da hätte er locker schon so seine 2 - 5 Mädels haben können.«

Ich glaubte, meine Kinnlade lag auf dem Mensaboden, so unglaublich fand ich es. Erstens, weil Logan doch so etwas wie ein Gedächtnis besaß, und zweitens, dass er ausgerechnet mir so einen Scheiß erzählen musste.

»Ich glaube, mir wird übel«, antwortete ich ihm und lehnte mich auf meinem Stuhl zurück.

»Vielleicht auch besser, wenn du weniger isst. Wenn er dich nackt sehen soll, und so ...«, zog er mich weiter auf.

»Ha ha. Ich meinte eher dich damit. Deine eigene Betthäschen-Statistik auf andere zu projizieren, ist schon arm.«

»Entschuldige mal, ich habe mit 15 angefangen.«

»Natürlich hast du das.« Hatte ich etwas anderes erwartet?

»Aber wenn wir schon dabei sind ...« Er nahm sich eine Serviette und putzte sich die Hände. »Wir Typen sind einfach gestrickt. Das Arschloch sagt vor oder während dem Sex »ich liebe dich«. Dann weißte schon, er wird dich morgen nicht mehr anrufen. Oder er hat eine andere nebenbei.« Ich hörte ihm interessiert zu.

»Sagt er einem, nachdem er den Druck abgelassen hat, die drei magischen Worte, bleibt er, weil er bleiben will.«

Ich lächelte sarkastisch auf.

»Schreibst du diese Dinge auf und glaubst sie dann selbst? Oder erzählst du mir nur deine eigene Masche?«

»Ne, ne, ich sag keiner Frau die Worte, die sie hören will. Nicht umsonst haben wir Männer Millionen Jahre mit Büffeln ums nackte Überleben gekämpft, um sich dann praktisch die Eier abhacken zu lassen, weil man sich vor den Weibern die Blöße gibt und so einen Mist labert. Das ist ja praktisch reine Selbstaufgabe.«

»Tausende«, verbesserte ich ihn. »Millionen Jahre ist etwas zu lang her.«

»Das meine ich. Wieso immer Widerworte? Könnt ihr nicht einfach zustimmen? Katastrophe.«

Ich grinste. Er bewegte seine Lippen und redete, aber irgendwie wusste ich, dass ich das keinesfalls für voll nehmen sollte. Ich wollte es ehrlich gesagt auch nicht. Dass das wirklich der Wahrheit entsprach ... nein. Logan hatte sie nicht mehr alle. Das war alles.

Kapitel 6

Annie

Stunden später betrachtete ich mich im Spiegel. Knackige Jeans, kurzes Top, leichtes Make-up. Meine dunkelbraunen Locken besaßen das perfekte Volumen, und dafür hatte ich nur den halben Tag gebraucht, dachte ich mir stolz. Jake wollte gleich kommen und damit stand einem gemütlichen Abend nichts mehr im Weg.

»Jaja, ist klar. Ihr wollt lernen«, betonte Gigi noch mal, während sie ihre Tasche packte.

»Wir lernen auch«, versuchte ich ihr zu erklären, gab mir aber relativ wenig Mühe, überzeugend zu wirken.

»Wann trägst du schon so betonende Jeans? Netter Hintern übrigens«, grinste sie, und sofort wurde ich wieder unsicher.

»Doch nicht gut?«

Sie verdrehte die Augen.

»Meine Güte, Annie. Mach dir mal nicht so viele Gedanken. Du siehst gut aus. Ja, du hast einen ordentlichen Hintern, aber keinen, der Kerle verscheucht, sondern sie eher wie einen Magneten anzieht. Jeans solltest du öfter tragen.« Ich betrachtete sie durch den Spiegel.

»Ich bin jetzt mal weg. Und werde sicherlich bis morgen Abend nicht zurückkommen.« Sie zwinkerte mir überschwänglich zu und ihre Betonung beim letzten Satz entging mir nicht.

»Jaja, und du willst mit Sicherheit auch für die nächste Geschichts-Klausur lernen«, rief ich ihr noch nach und wieder zwinkerte sie mir verdächtig zu. Sie hatte sie echt nicht mehr alle.

Ich sah ihr noch kurz nach, als mein Handy, das auf dem Bett lag, klingelte. Ich ging hin und las die SMS, die ich bekam:

Sorry, habe eine Nachricht von meiner Familie bekommen. Muss übers Wochenende in die Heimat. Wir wiederholen den Abend, wenn ich wieder da bin. Sei nicht sauer. Denk an Dich. :-*.

Ich seufzte enttäuscht, aber machte mir auch sofort Sorgen. Was war passiert?

Ok, kein Problem. Ist denn alles in Ordnung bei Euch?

Wenige Sekunden später kam die Antwort auch schon.

Meine Familie hat immer irgendetwas. Muss aber trotzdem hin, schauen, ob alles okay ist.

Ich legte mich auf mein Bett, das Handy neben mir. Jetzt war Jake also in Boston. Meilenweit von mir entfernt ... der Abend war also gelaufen. Und ich dachte

45

wirklich ... ich schüttelte kurz den Kopf. Ich dachte wirklich, ich würde es heute mit Jake tun. Er hatte zu Hause Probleme, und ich dachte nur daran, dass wir heute nicht miteinander schlafen würden.

Bist du sexgeil, Annie? Obwohl du nicht mal weißt, was dich erwartet, könnte man das behaupten.

Es klopfte an der Tür. Genervt davon, jetzt aufstehen zu müssen, ging ich hin und öffnete. Logan.

Er starrte mich an, als hätte er einen Geist gesehen. Als erstes fiel mir die Wodka-Flasche in seiner Hand auf. Er war offensichtlich auf dem Weg zu irgendeiner Party.

»Was?«, fragte ich ihn genervt, weil er mich immer noch anstarrte. Ich war doch offensichtlich kein Geist!

»Ähm ... ich habe unten Gigi getroffen. Sie sagte, du bist allein, deswegen wollte ich fragen, ob du vielleicht mitkommen willst?«

»Logan, ich habe keinen Bock auf Party. Ich war verabredet«, seufzte ich und ließ mich auf meinen Stuhl vor dem Schreibtisch fallen. Er schloss die Tür hinter sich.

»War?«, fragte er vorsichtig nach.

»Ach, ein Notfall in der Familie. Er musste hin.«

»Und dann willst du jetzt hier allein herumlungern und was tun? Lernen?«

Ich zuckte mit den Schultern und war einfach nur genervt. Da half mir Logans Gelaber auch nicht weiter.

»Geh feiern, Logan.«

Er seufzte und setzte sich mir gegenüber auf Gigis Bett.

»Habe auch keinen Bock mehr.«

Ich sah ihn stirnrunzelnd an.

»Was? Geh raus, feier, reiß `ne Frau auf, damit du sie morgens rauswerfen kannst.«

Logan räusperte sich, und stellte die Wodka-Flasche auf den Tisch.

»Ich werf niemanden morgens raus.« Ich zuckte mit dem Mundwinkel. Na klar. Er bemerkte es. »Okay, sie gehen schon nachts.«

Volltreffer.

»Wie machst du das eigentlich?« Ich musste ihn fragen. Logan schien über meine Frage überrascht.

»Was meinst du?«

»Ständig irgendwelche Frauen aufreißen, mit denen du dann schläfst. Ich meine, sie gehen halt danach, und du machst dich an die nächste ran.«

Ich hatte in den vergangenen Monaten viele Frauen in seiner Nähe gesehen, aber irgendwie sah ich keine Frau ein zweites Mal an seiner Seite.

»Ich schlaf nicht mit jeder«, antwortete er mir und lehnte sich auf dem Bett an die Wand.

Würde das jetzt eine Diskussion geben, wie oft er mit wem schlief?

Hey, ich hatte ihn ja gefragt. Und wenn Jake schon nicht da war, konnte ich Logan wenigstens mal darüber ausquetschen.

Ich verschränkte die Arme vor der Brust, und sah ihn ernst an. Ich versuchte es zumindest. Und es brachte etwas. Logan verdrehte seufzend die Augen.

»Okay okay, ich hab ein paar Affären. Und? Ich bin jung, ungebunden, wieso nicht? Ich mache keiner Frau nur annähernd Hoffnungen auf mehr.«

»Hast du dich nie verliebt?«

Er sah mich nachdenklich an.

»Verliebt?« Das Wort schien er wohl das erste Mal auszusprechen, so zögerlich kam es über seine Lippen.

Jetzt verdrehte ich die Augen.

»Ich muss dir doch nicht noch dieses Wort erklären, oder?« Ich sah die Wodka-Flasche auf dem Tisch stehen und ging hin. Ich schüttete mir ein Glas ein und nippte daran.

»Wir sind viel zu jung, um sich über diese Art von Beziehung ernsthaft Gedanken zu machen«, antwortete er mir endlich.

Ich wollte das Glas wieder ansetzen, sah ihn aber überrascht an. Das war seine Erklärung?

»Du kannst dir doch keinen Zeitpunkt dafür aussuchen. Liebe passiert einfach.«

Logan griff sich die Flasche und trank einen großzügigen Schluck.

»Da spricht die Romantikerin, was?«, fragte er spöttisch.

Ich entriss ihm die Flasche wieder und schüttete mir noch mehr ein. Dann setzte ich mich auf die gegenüberliegende Seite des Zimmers.

»Ich meine, sieh dich jetzt mal an. Dein Typ wollte heute vorbeischauen, er hat abgesagt, und du sitzt hier und bemitleidest dich selbst«, erklärte er weiter.

»Ich bemitleide mich doch nicht selbst«, fuhr ich ihn trotzig an und trank einen großzügigen Schluck. Der Wodka brannte im Hals, danach füllte sich mein Körper mit Wärme.

»Klar«, antwortete er mir sarkastisch.

»Gut, dann bin ich halt eine Romantikerin. Und?«

»Was hattest du eigentlich vor?«

Ich sah ihn fragend an.

»Vor?«, fragte ich nach.

Logan sah sich im Zimmer um.

»Jake wollte vorbeischauen«, sagte er, als würde er mit sich selbst reden.

Wenn ich nicht aufpasste, würde ich noch rot anlaufen.

Ich zuckte mit der Schulter und stand langsam vom Bett auf. Plötzlich schwankte ich etwas und Logan stand sofort bei mir, um meinen Arm zu ergreifen.

»Hey, hey. Vorsicht.«

»Meine Güte, ist der Boden uneben«, antwortete ich ihm.

»Du verträgst echt nichts«, stellte er fest.

Ich riss mich los. Was dachte er eigentlich über mich? Ich hatte kurz das Gleichgewicht verloren. Mehr auch nicht. Ich griff nach der Flasche und kippte mir wieder was ein.

»Glaubst du, dass das eine gute Idee ist?«, fragte er mich zögerlich und beobachtete mich dabei, wie ich trank. Ich holte einmal tief Luft, als ich das Glas ausgetrunken hatte. Wodka pur schmeckte gar nicht so schlecht.

»Lass mich das mal entscheiden, ne.« Okay, ich war mutiger geworden. Und wieder griff ich zur Flasche, doch diesmal griff auch Logan zu. Wir sahen uns kurz an.

»Das ist wirklich zu viel, zu schnell«, erklärte er. Seine Stimme klang ernst und einen kurzen Moment sahen wir uns einfach an.

»Ich denke, ich bin alt genug, um selbst zu entscheiden«, versuchte ich so einschüchternd wie möglich zu klingen. Und es half. Er ließ meine Hand und die Flasche los. Diesmal nahm ich gleich die ganze Flasche. Einfach mal loslassen ... das war eine super Idee.

Kapitel 1

Annie

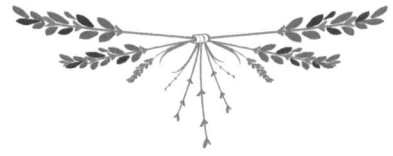

Kopfschmerzen ... verdammte Kopfschmerzen ... ich blinzelte, die Sonne schien schon ins Zimmer ...

Ich lag in meinem Bett ...

Anscheinend war ich eingeschlafen, aber mein Kopf sagte mir etwas anderes. Blinzelnd setzte ich mich auf und merkte sofort, dass ich unter der Decke nackt war. Mit aufgerissenen Augen sah ich erneut darunter. Nackt? Verdammte ...

Ich sah mich um. Auf dem Tisch standen zwei leere Flaschen. Die eine war eine Wodka-Flasche, aber was war in der anderen? Mein Kopf, verdammt noch mal ... ich rieb mir meine Stirn. Der tat aber auch weh.

Mein Mund fühlte sich trocken an, meine Zunge pelzig, das war wohl dem Alkohol geschuldet. Wie kam ich verdammt noch mal ins Bett? Nackt!

Die Erinnerung an gestern Abend? Weg. Noch mehr Scheiße ... ich hatte keinerlei Erinnerungen mehr, was passiert war.

Ich sah mich wieder in meinem Zimmer um. Es

roch nach Alkohol und stickiger Luft. Gott, ich musste die ganze Nacht getrunken haben. Ich krallte mir die Decke, hielt sie fest am Körper und setzte mich leicht auf. Meine Klamotten lagen auf dem Boden verteilt. Wie kamen die da hin? Mist. Eine weitere Erinnerungslücke.

Ich legte mich wieder hin, weil mein Schädel sich meldete.

»Verdammte Scheiße«, fluchte ich.

»Eher guten Morgen«, begrüßte Logan mich und stand in der Tür. Bepackt mit Kaffeebechern und einer Tüte. Hatte er Frühstück besorgt? Er sah wie aus dem Ei gepellt aus. Ich drückte meine Decke noch fester an mich.

»Du warst gestern hier«, stellte ich fest und versuchte, irgendwas von gestern Nacht in meinem Kopf zu finden. Aber da war nichts.

Logan musterte mich skeptisch. »Ja, das war ich.«

»Und ... was war sonst noch?« Stille.

Logan sah mich nichtssagend an. »Du weißt nichts mehr?«, war seine einfache Frage. Völlig tonlos, wie ich bemerkte.

Ich nickte leicht. Mein Kopf wusste gar nichts mehr.

Er räusperte sich und setzte sich auf meinen Schreibtischstuhl. Kurz sah er auf den Boden, als würde er Zeit brauchen.

»Du hast zu viel getrunken und bist dann irgendwann eingeschlafen«, ratterte er herunter.

Das war`s?

»Und wieso bin ich nackt?«

»Frag mich nicht.« Ein Schulterzucken. »Du warst betrunken, Scheiße noch mal … du musst dich selbst ausgezogen haben.« Ein weiteres Schulterzucken.

Logan lächelte leicht, als würde er mir Mut machen wollen oder sich selbst.

»Und du bist dann nach Hause?«, fragte ich vorsichtig nach.

Sollte ich ihn einfach fragen, ob wir Sex hatten? Er nahm einen Schluck Kaffee.

»Jepp.«

Ich dachte über seine kurzen und knappen Aussagen nach. Würde er mich anlügen? »Und … wo hast du geschlafen?«

»Ähm … das müsste in meinem Wohnheim gewesen sein.«

Ich sah ihn seufzend an. »Mach dich nicht lustig über mich. Ich habe keine Ahnung mehr, was gestern Nacht war, und wenn wir miteinander …«

Ich konnte es nicht mal aussprechen, das wäre die reinste Katastrophe gewesen!

»Du meinst, wenn wir Sex gehabt hätten«, führte er den Satz zu Ende.

»Ja«, antwortete ich genervt und verdrehte die Augen. Das war doch wohl nicht so schwer zu kapieren.

»Keine Angst, du hast nichts getan, was du nicht wolltest.«

Er stellte den Kaffeebecher und die Tüte hin, während ich ihn erschrocken anstarrte.

»Was meinst du damit?«

Seine Mundwinkel zuckten.

»Meine Güte, jetzt komm mal runter. Es ist nichts passiert. Hier, Kaffee, Croissant. Gigi hat sicher noch irgendwo Aspirin rumliegen.«

Er trank genüsslich den Kaffee, während ich darauf wartete, dass er endlich verschwand.

»Könntest du mich bitte mal aufstehen lassen?«, fragte ich ihn leicht genervt.

»Geht ganz einfach, Beine erheben und aus dem Bett ...«

»Oh Mann, ich bin nackt unter der Decke! Jetzt dreh dich um, verdammt noch mal!«

Er seufzte und drehte sich um, sodass ich meine Klamotten nehmen konnte und im Wandschrank verschwand. Ja, im Wandschrank!

Kapitel 8

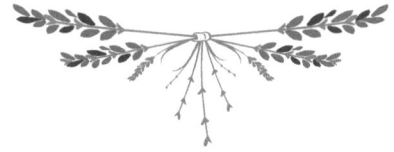

Jake umarmte mich, als er mich Montagmorgen in der Mensa antraf. Ich freute mich, ihn wiederzusehen. Er war das ganze Wochenende bei seiner Familie gewesen, und ich damit beschäftigt, meinen Kater zu kurieren. Ich hatte noch nie in meinem Leben so viel getrunken. Und vor allem keinerlei Ahnung, was am Abend zuvor abgelaufen war.

Logan grinste vor sich hin, wenn ich nachfragte, aber er redete sich immer wieder raus. Ich hoffte einfach, dass ich nicht zu viel erzählt hatte.

Logan verabschiedete sich am Samstagvormittag schnell wieder und ich hatte ihn bis heute nicht mehr gesehen. Was nicht ungewöhnlich war, da er übers Wochenende immer bei irgendeiner Tussi übernachtete.

»Tut mir leid, dass ich so schnell wegmusste, aber meine Eltern waren krank, und ich musste mich um meinen Bruder kümmern ...«

Jake setzte sich zu mir und Gigi.

»Wie alt ist denn dein Bruder?«, fragte Gigi ihn und frühstückte weiter.

»16, aber er ist geistig behindert ...«

Es war ihm unangenehm, und mir erst, wenn ich bedachte, dass ich mir aus Frust darüber die Birne zugesoffen hatte.

»Das tut mir leid«, antwortete ich ihm und entschuldigte mich nicht nur für seine schwierige Familiensituation. Das konnte er nur nicht wissen.

Mann, hatte ich ein schlechtes Gewissen. Verrückt, weil zwischen Logan und mir nichts passiert war. Obwohl ich keine Ahnung hatte, was da eben nicht gelaufen war. Logan sagte mir, es wäre nichts passiert und ich glaubte ihm einfach mal. Was blieb mir auch anderes übrig?

Er würde mich ja auch mit Sicherheit nicht anlügen. Ich war nicht sein Typ, das war klar.

Hör auf zu denken, Annie! Meine Güte, Logan sollte wirklich nicht mehr das Thema sein.

Jake strich mir eine Strähne aus meinem Gesicht. Ich hatte die Haare heute hochgesteckt. Es war zu warm.

»Und was hast du das Wochenende so gemacht?«

Die Frage musste ja kommen.

»Sie war auch beschäftigt«, grinste Gigi und sofort bereute ich es, ihr gesagt zu haben, dass ich am Freitag über die Stränge geschlagen hatte. Ich zeigte ihr meinen bösen Blick.

Halt die Klappe, Gigi, schickte ich ihr in Gedanken.

Sagte ich etwas, wenn sie mal wieder in fremden Betten aufwachte und ich sie abholen musste?

»Hast du nicht was zu tun, Gigi?«, fragte ich sie mit zuckersüßer Stimme.

»Okay, okay. Ich bin ja schon weg. Viel Spaß euch beiden.« Sie zwinkerte uns zu, nahm ihr Tablet in die Hand und verschwand. Jake sah ihr nachdenklich nach.

»Was meinte sie mit »beschäftigt?«

Ich zuckte mit den Schultern. Wirkte ich locker? Ich hoffte es.

»Lernen. Ich habe die ganze Zeit gelernt.«

Ich konnte wirklich gut lügen. Das bereitete mir Angst, aber war auch irgendwie stolz auf mich. Logan fand nämlich, dass ich es nicht bringen würde, ordentlich zu lügen.

»Hast du heute lange Seminare?«

Ich dachte über meinen Stundenplan nach.

»Ähm ... ich hab um elf Schluss. Danach wollte ich lernen, wieso?«

Er küsste mich sanft und sofort fühlte ich mich wieder wohl.

»Dann komm ich um halb zwölf zu dir ... wir sollten was nachholen.«

Diese Zweideutigkeit verstand selbst ich sofort. Und meine Freude darüber wurde grenzenlos.

Kurz nach meinem letzten Kurs machte ich mich auf den Weg ins Wohnheim. Ich freute mich, dass Jake endlich Zeit hatte. Mit mehreren Büchern bepackt und meiner Tasche über der Schulter lief ich durch die Gänge des Colleges. Ich bog um die Ecke und stieß mit Logan zusammen. Alle meine Bücher fielen zu Boden. Seufzend schüttelte ich den Kopf.

Logan jedoch grinste wieder so spitzbübisch. Ich hasste es, denn er sah dabei auch noch gut aus. Am liebsten hätte ich ihm eine verpasst.

»5000 Studenten auf dem College und ich pralle ausgerechnet mit dir zusammen«, seufzte ich wieder genervt und bückte mich.

Er tat es mir gleich und stapelte die Bücher aufeinander.

»Wieso denn so gereizt?«

Ich erhob mich mit den Büchern in der Hand.

»Das fragst du noch?«

Logan sah mich immer noch fragend an. Er hatte wirklich keine Ahnung! Typisch Mann.

»Ich war nackt in meinem Bett und du kamst morgens rein, als wäre ...«

»Als wäre was?« Seine Stimme war immer noch ruhig. Solche Situationen waren für ihn wahrscheinlich alltäglich. Klar, aber ich war nun mal nicht so eine Tussi.

»Als wäre etwas passiert ...«

»Als wäre etwas passiert?«, fragte er spitzbübisch nach. Oh ja, der Idiot wusste ganz genau, wovon ich redete.

Seine Augen funkelten belustigt.

»Egal was ich dir sage, du hattest einen Blackout. Das passiert jedem mal. Dir ist es halt das erste Mal passiert, und ich hab dir bereits gesagt, dass nichts passiert ist, das du nicht wolltest.«

Wieder dieser Spruch.

»Was heißt das denn jetzt schon wieder?«

Jetzt verdrehte er die Augen.

»Nichts, Annie. Okay. Es ist alles in Ordnung. Wir sind weiterhin Freunde, du gehst mir weiterhin auf den Keks und gut ist die Sache.«

Er lächelte und strich mir kurz über die Wange. Ich ignorierte den kurzen Schauer, den die Berührung auslöste und sah ihn skeptisch an. Der Kerl ließ sich so selten in die Karten schauen.

»Jake ist doch mit Sicherheit wieder da, oder?« Jetzt war sein Ton viel kräftiger und gleichgültiger. Ich nickte leicht.

»Ja gut, dann haste deinen Mann wieder und damit hat sich die Geschichte.« Wollte er ablenken? Aber ich war froh, dass anscheinend wirklich nichts passiert war.

Wie peinlich das wohl gewesen wäre, wenn er gemerkt hätte, dass ich noch Jungfrau war ...

Ich hoffte, ich hatte ihm im betrunkenen Zustand nichts Peinliches erzählt. Sollte ich ihn vielleicht fragen? Nein, nein, er würde es sofort gegen mich verwenden. Logan war und blieb ... halt Logan. Ich seufzte und rieb mir kurz ein Auge.

»Es tut mir leid, wenn ich etwas hysterisch gewirkt habe. Aber dass wir beide ...« Ich zeigte auf ihn und mich. Logan nickte verständnisvoll.

»Jaja, du hältst es für unmöglich. Ich weiß, das hast du seitdem auch ungefähr 150 Mal gesagt«, erklärte Logan gereizt.

»Okay, ich muss weiter. Wir sehen uns morgen in Wirtschaftsphilosophie, ja?«

Wieder nickte er und ich lief los.

»Ach, Annie?«

Ich drehte mich zu ihm um. »Mhm?«

»Sag mal, beim Abschlussball, bist du da wirklich mit deinem Cousin hingegangen?«

Mein Gesicht verfärbte sich knallrot. Die nicht wenigen Studenten um mich herum starrten mich an. Logan grinste fies und ich wäre ihm am liebsten an die Gurgel gegangen.

»Arschloch«, flüsterte ich ihm zu und stapfte davon. Ich hatte also doch zu viel gelabert! Nie wieder Wodka!

Nachdem ich den Tag auf dem College hinter mich gebracht hatte, trafen Jake und ich uns in meinem Zimmer. Ich stellte die Tasche zur Seite und er beobachtete mich vom Türrahmen aus. Das machte mich noch nervöser, als ich es schon war.

»Willst du nicht reinkommen?«

Seine Mundwinkel zuckten und er tat mir den Gefallen. Mit viel zu viel Ruhe schloss er die Tür und blickte mich an. Jake musterte mich ohne Umschweife. Checkte er mich gerade ab? So fühlte es sich an.

»Äh... willst du was trinken?«

Hatte ich überhaupt was da? Er nahm meine Hand.

»Ich hätte eigentlich Lust auf was anderes ...«

Oh Gott. Er will ... mit mir ...

Jake strich mir über die Handoberfläche. Mein Herz schlug schneller, mein Körper reagierte sofort und bescherte mir eine Gänsehaut.

»Ich habe mich in dich verliebt, Annie ...«

Wooow ... hatte er das gerade wirklich gesagt? Er ergriff mein Gesicht mit seinen zwei Händen, damit ich ihm noch mal intensiver ins Gesicht schauen musste.

»Hast du mich verstanden?«

Mein Mund öffnete sich. Ich wollte auch was sagen, aber meine Stimmbänder, mein ganzer Körper sträubte sich. Ich war einfach zu sehr gefangen in diesem Moment.

»Ich liebe dich.« Und dann küsste er mich vorsichtig.

Langsam suchte seine Zunge die meine, und ich wollte mehr, hielt mich an seinem Nacken fest, und er wurde drängender. Seine Zunge schneller, fester, stärker, fordernder. Während ich es genoss, von ihm so geküsst zu werden, kamen wir dem Bett immer näher. Ehe ich mich versah, hatte er bereits sein Hemd ausgezogen.

»Wie lange habe ich darauf gewartet«, stöhnte er und küsste mich weiter. Ich sollte vielleicht auch mal was tun ... also zog ich an seinem Gürtel.

Nicht zu nervös werden, Annie. Du schaffst das.

Der Gürtel öffnete sich. Gott sei Dank.

Während er sich nicht einmal von meinen Lippen löste, zog er seine Hose mit den Beinen aus ... meine Güte, er hatte es aber auch drauf. Dann begann er meinen Hals zu küssen. Wow. Das fühlte sich gut an.

»Gott, du machst mich verrückt«, flüsterte er und zog mir die Bluse aus.

Mir fielen dabei meine Haare auf die Schulter. Jake hatte das Haargummi mit abgestreift. Er gab mir einen kleinen Stups und ich fiel aufs Bett. Ich musste kurz grinsen, auch als er mich ansah, als würde er mich gleich überfallen wollen. Seine Stimme hörte sich rau an, dennoch gefiel es mir. Es hatte etwas Verruchtes.

»Du bist schön, sehr sogar.«

Meine Güte, ein Kompliment nach dem anderen ... und was hatte ich ihm gesagt? Nichts ... ich war zu nervös.

Bekam kein einziges Wort heraus, aber er wartete auch nicht auf eine Antwort, sondern küsste mich weiter den Hals hinunter bis zu meinem Bauch, während seine Hände an meinem BH herumnestelten und ihn öffneten und zur Seite schoben.

Dann konzentrierte er sich auf meine Brustwarzen, Gott ... fühlte sich das toll an. Er leckte und zog sanft daran, und ich dachte nur, wie feucht ich bereits wurde. Mein Körper gehorchte mir nicht mehr.

Ich wollte ihn. Wollte es endlich tun.

Ich hatte lange genug gewartet. Also packte ich ihn und küsste ihn voller Verlangen. Als wäre ich ausgehungert, ich wollte und brauchte ihn.

»Nimmst du ... die Pille?«, stellte er mir die Frage und ich bejahte, indem ich nickte, während er mich weiter küsste. Und jetzt wusste ich, wozu der Frauenarzttermin vor einem Jahr gut gewesen war. Bevor ich darüber weiter nachdenken konnte, bemerkte ich, wie er mir den Rock leicht hochzog, meinen Slip zur Seite schob, mich zwischen meinen Beinen berührte und herumspielte. Langsam massierte er meinen Kitzler und ich verdrehte vor Lust die Augen.

Ich würde gleich kommen, wenn er nicht endlich richtig anfangen würde.

»Nimm mich«, flüsterte ich und war froh, es ausgesprochen zu haben, denn ohne eine weitere Sekunde verstreichen zu lassen, fummelte er an seinen Shorts herum und stieß in mich hinein.

»Du bist so eng.«

Ich stöhnte auf, aus Lust und auch aus Erleichterung, da es gar nicht wehtat. Was hatte ich für ein großes Glück, das hier mit Jake erleben zu dürfen!

Sein Tempo wurde schneller, die Stöße unkoordinierter, es war ein unbeschreibliches Gefühl. Er hatte den Kopf in meinem Hals vergraben und küsste meinen Hals.

»Annie ...«

Ich krallte mich in seinen Oberkörper, mein Körper spannte sich immer mehr an.

Ich komme gleich, mein Körper gehört mir nicht mehr ...

Wenige Augenblicke später entlud sich mein Körper und ich kam zu meinem Orgasmus, den ich dringend nötig gehabt hatte, und auch Jake kam wenige Stöße später. Das war es also ... mein erstes Mal. Und irgendwie ... fühlte sich alles anders an.

Kapitel 9

Annie, 2010

Es passierte kurz vor den Sommerferien. Logan lud mich mal wieder zu einer Party ein. Die letzten Monate konnte ich mich noch gut davor drücken. Klausurphase halt. Aber als er eine Woche vor Semesterende in die Mensa kam, hielt er mir einen Flyer hin. Ich schluckte meinen Bissen schnell hinunter und sah mir das Stück Papier an. Mir blieb auch gar nichts anderes übrig, denn ich musste fast schielen, so nah hielt er es mir vor Augen.

»Schaumparty?«, fragte ich ihn verwundert, nachdem ich die Buchstaben endlich lesen konnte.

Logan saß neben Gigi. Die wiederum war in ein Buch vertieft. Ja, sie hatte wenige Wochen vor Semesterende tatsächlich begriffen, dass man auch mal etwas tun musste.

»Jepp. Es wird laut Veranstalter die beste Party des Jahres.«

Ich sah ihn skeptisch an.

»Das sagst du zu jeder Party ...«

»Ja, aber ...« Er nahm sich eine Hälfte meines Sandwiches. »... diesmal meine ich es ernst.«

»Was soll daran denn toll sein? Man sieht dank des Schaums nicht mal die eigene Hand vor Augen, geschweige denn irgendetwas anderes.«

»Also ich muss nur die Körpermaße sehen ...«, dabei formte er sich in Gedanken etwas zusammen.

»Ich glaube, mir wird schlecht.« Ich gab ihm gleich mein ganzes Sandwich.

»Neid steht dir nicht«, konterte er und nahm meine Gabe natürlich ohne einen Dank an.

»Neid?«

»Wer ist denn schon viel zu lange in einer Beziehung?«

»Oh, entschuldige. Hätte ich dich erst um Erlaubnis fragen sollen?«

»Ich gebe ihm recht«, kam es von der anderen Seite des Tisches. Gigi blickte von ihrem Buch auf. »Beziehungen sind doch auf dem College viel zu oberflächlich.«

»Danke«, antwortete Logan übertrieben laut.

Irgendwie fühlte ich mich gerade ziemlich angegriffen.

»Was soll das denn jetzt heißen?«

Gigi klappte selbstsicher ihr Buch zu und blickte mich dann an.

»In der Highschool bist du vielleicht im letzten Jahr bereit für Kerle, dann bist du auf dem College ... und lernst hier so langsam, dich auf die Arbeitswelt einzustellen. Du merkst, dass du dich diesmal wirklich auf dich konzentrieren musst. Das Einzige, was dir zusteht während des Lernens, sind Partys. Wo du ungezwungen abfeiern kannst, den Stress halt vergisst.«

Sie hatte schon recht. Ich hatte gesehen, wie schwer es für Gigi war, auf dem College Leistung zu zeigen. Und auch Logan hatte keinen Bock darauf. Was ich vielleicht nie verstehen würde, aber nicht jeder war wie ich.

»Für euch ist das etwas. Für mich allerdings nicht …«

Ich spielte mit meinem Kaffeebecher herum. Ich war nie so wie andere gewesen. Ich liebte Bücher. Liebte es, mir Dinge beizubringen, ob es jetzt Physik war oder einfach so das Lernen an sich.

»Ich muss mich nicht rechtfertigen, weil Jake und ich ein Paar sind.«

»Ach Quatsch. Das musst du auf keinen Fall, nur dann versteh uns auch. Wir wollen das nicht und wollen einfach unsere Jugend genießen«, erklärte Gigi verständnisvoll. Ich sah sie an.

»Ich genieße auch meine Jugend«, korrigierte ich sie.

Logan schnaubte lachend auf, und ich blickte ihn wütend an.

»Sorry.« Sofort setzte er seinen Hundeblick auf.

»Du kannst mich mal, Logan.«

Voller Wut packte ich meine Tasche und stand auf.

»Annie, so war das doch nicht gemeint.«

»Du meinst es ja nie böse, Logan. Ich weiß. Ich bin lieber zufrieden in einer Beziehung, als frustriert darüber, hier zu sein.«

Logan wusste, dass ich seine Situation meinte. Er hatte schon mehrmals betont, wie ätzend er es hier fand. Seine Familie wollte aber nichts anderes für ihn. Er sollte hier studieren. Mir war das aber jetzt egal. Er machte meinen Lebensentwurf schlecht, also durfte ich auch gegen seinen wettern. Bevor ich noch ein schlechtes Gewissen bekam, war ich auch schon gegangen.

Gigi und ich liefen über den Campus, da sie mich tatsächlich überreden konnte, zu dieser blöden Schaumparty zu gehen. Ich würde es bereuen, ich wusste es jetzt schon.

Jake und ich wollten heute eigentlich ins Kino, aber er musste wieder zu seinem Bruder. Er war in letzter Zeit leider öfter deswegen unterwegs, aber er tat es ja aus den richtigen Gründen. Mein Freund war halt sehr hilfsbereit.

»Es wird bestimmt toll«, feuerte Gigi mich an. Sie versuchte es wirklich, und ich grinste, weil sie sich so viel Mühe gab.

»Bitte verzeih mir, Annie«, jaulte Logan plötzlich hinter uns, drückte seine Hand auf die Brust und lächelte. Er zog wieder seine übliche Show ab. Gigi drehte sich dennoch um und blieb stehen.

»Jetzt komm, du Affe!«, sagte sie lachend.

»Erst wenn sie nicht mehr sauer auf mich ist«, antwortete er theatralisch und holte auf. Ich sah ihn finster an.

»Hörst du auf mich zu ärgern?«, fragte ich.

Er schaute kurz nachdenklich in den Himmel, als bräuchte er gerade seelischen Beistand. »Du wirst eh nie damit aufhören«, fauchte ich genervt und lief weiter. Gigi lief mir schnell hinterher.

»Warte! Doch! Doch! Ich lass mich nicht mehr über deine Beziehung oder so aus. Moment mal. Wo ist dein Prinz überhaupt?«

»Er musste nach Hause.«

»Das ist er oft«, fiel ihm auf. Irgendwie nervte es mich, wenn er das so merkwürdig betonte.

»Und? Er hilft halt seiner Familie. Ist das so verwerflich?«

Unschuldig hob er die Hand. »Ich habe nichts gesagt.« Er legte seine Hände auf unsere Schultern. »Und wo geht's jetzt hin?«

»Na, zur Schaumparty«, antworte Gigi ihm.

»Ne, oder? Und du kommst einfach so mit?« Die Frage war an mich gerichtet.

»Ja, und?«

Seine blauen Augen hingen an meinem Gesicht. Er sagte nichts weiter.

Die Party fand in einem Haus statt. Wie clever. Eine Schaumparty in kleinen beengten Räumen. Man sah wirklich kaum etwas, die eigene Hand war schon schwierig zu erkennen. *Das kann ja was geben. Gut, der Sinn einer solchen Schaumparty war ja auch, dass man vor lauter Schaum sein Gegenüber kaum noch sehen konnte.*

Es war brechend voll, die Musik dröhnte durch die

Räume. Gigi war schon verschwunden. Wie immer. Ich hörte sie irgendwo in der Ecke grölen, aber das war ja nichts Neues.

Ich war froh, dass ich mir eine Jeans angezogen hatte.

»Willst du was trinken?«, fragte Logan mich und ich war überrascht, dass er noch hinter mir stand.

»Äh, ja klar.«

»Aber keinen Wodka«, tadelte er mich mit sarkastischem Unterton und ging ins Haus. Ich sah ihm Augen verdrehend nach. Witzbold.

Sollte ich schon mal durch den Schaum gehen? Vielleicht könnte ich einfach in die erste Etage gehen und mir von oben einen besseren Überblick verschaffen? Ja, so würde ich das machen.

Ich ging die Treppe hoch, drängte mich immer wieder zwischen Pärchen durch und sah dann übers Geländer. Von hier aus konnte man wirklich besser sehen. Selbst durch den Schaum. Und es war eine Menge los.

Die Werbung mit den Flyern hatte sich gelohnt. Aus einer Ecke des Flures hörte ich plötzlich Gekicher. Ich blinzelte kurz hin, als mein Herz einen Sprung machte. Nein, das konnte nicht wahr sein! Das war doch ein Scherz!

Da stand Jake mit einer brünetten Schönheit. Er küsste ihren Hals, während sie gackerte wie eine Fünfjährige. Seine linke Hand hing an ihrem Hintern, die andere auf ihrer Wange. Dieser verfluchte Mistkerl!

Wie gelähmt stand ich dort und beobachtete, wie

mein Freund, der angeblich bei seinem behinderten Bruder war, mit einer anderen herummachte. Was sollte ich jetzt tun?

Bevor ich aber weiter darüber nachdenken konnte, bemerkten beide mich. Ich starrte sie ja auch unverhohlen an. Und da bekam Jake große Augen. Er hatte mich ganz offensichtlich nicht erwartet. *Der ist gut, natürlich hat er das nicht!*

Doch bevor er auf mich zugehen konnte, machten meine Beine sich automatisch davon. Über die Stufen, dann den Flur entlang und schon war ich draußen. Die Musik wurde immer leiser, so schnell war ich, und langsam brannten auch meine Augen. *Verdammt noch mal, ich heule gleich. Dieser Scheißkerl hat mich belogen und betrogen!*

»Hey.« Ich sah mich panisch um und war mehr als erleichtert, Logan zu sehen, der zwei Becher in den Händen hielt.

»Du weißt schon, dass die Party drinnen ist?«, fragte er mich amüsiert.

Und erst jetzt bemerkte er meine Tränen. Sie liefen nur so. Nein, ich konnte doch jetzt nicht auch noch hier herumheulen.

»Was ist los?«, fragte er mich besorgt.

»Jake ...« Doch bevor ich weitererzählen konnte, hörte ich Schritte. Wir beide sahen auf. Gott sei Dank stand Jake alleine dort. Seine miese Schlampe hätte ich nicht ertragen können.

»Bitte lass es mich erklären, Annie.« Er sah entsetzlich

aus, irgendwie schockiert. Aber wieso? Weil ich ihn erwischt hatte oder weil er gedacht hatte, er wäre clever genug, um immer so weitermachen zu können?

Ich schüttelte leicht den Kopf. Das konnte ich jetzt gerade nicht. Alles, was jetzt an Ausflüchten kommen würden, wären nur Lügen.

»Sie will nicht«, antwortete Logan laut und außer sich vor Wut. Natürlich konnte er eins und eins zusammenzählen.

»Habe ich mit dir gesprochen?«, fauchte Jake wütend zurück.

Logan stellte sich schützend vor mich.

»Du solltest gehen, Jake. Das ist keine Bitte, klar.«
Jake ging mit großen Schritten auf ihn zu, doch Logan bewegte sich kein Stück.

»Noch einen einzigen Schritt, mein Freund«, drohte Logan ihm.

Die Stimmung glühte. Gott, was passierte hier nur? Das war doch ein absoluter Albtraum!

»Sonst was? Sprichst du jetzt für Annie, oder was?«

»Und wenn es so wäre? Ich glaube, ab sofort geht es dich nichts mehr an, was sie betrifft!«

Und er hatte recht. Jake war für mich gestorben.

»Mir gefiel es eh nie, dass du ständig um sie herumgeschwirrt bist«, konterte Jake, und Logan schnaubte sarkastisch auf.

Dann aber sah Jake mich direkt an und zuckte zusammen. Was war nur passiert? Bis vor wenigen

Momenten dachte ich noch, ich wäre mit Jake zusammen. Er war mein erster fester Freund, und jetzt blickte er mich an und ich fragte mich, ob ich ihn jemals wirklich gekannt hatte.

»Lass uns bitte reden, Annie. Allein.« Auch Logan schien auf meine Reaktion zu warten.

»Lass mich einfach in Ruhe, Jake.« Ich drehte mich um und ging. Er würde mir nicht folgen. Logan war ja da. Und wenn er ihm eine reinhauen würde, sollte er das tun. War mir egal. Ich wollte einfach allein sein.

Ich hatte ein ruhiges Plätzchen gefunden, dazu eine Flasche Tequila, die ich mir von einem Studenten ausgeliehen hatte. Gut, er hatte nicht aufgepasst, und ich hatte sie mir geschnappt. Jetzt war ich auch noch eine Diebin.

Aber Alkohol half doch bekanntlich. Nur trinken konnte ich das Zeug noch nicht. Lieber starrte ich die Flasche in meinen Händen an, während ich mir ein Plätzchen auf einer Mauer suchte.

Wir waren immer noch auf dem Campus, aber weit genug weg, sodass ich meine Ruhe hatte.

So schnell konnte sich alles ändern. Von heute auf morgen war man also Single, weil man herausfand, dass der eigene Freund ein Lügner und Betrüger war.

Hätte ich nicht auf Gigi und Logan gehört und wäre zu der Party gegangen, würde er mich wohl immer noch verarschen. Ich lachte laut auf.

»Immerhin kannst du wieder lachen«, sprach Logan und setzte sich zu mir. Ich blickte ihn überrascht an.

»Was machst du denn hier?«

»Ich bin auch nicht mehr so in Partystimmung.« Wollte er mich verarschen?

»Ach was, geh dich amüsieren. Reiß dir was auf und hab Spaß.«

»Hast du davon schon was getrunken?«

Logan riss mir die Flasche aus den Händen.

»Nein, noch nicht.«, antwortete ich ihm, und Logan warf sie auf einmal in die nächste Ecke.

»Hey!«

»Für dich sollte Alkohol verboten werden«, tadelte er mich. Was hatte er denn jetzt für ein Problem?

»Gut, dann hol ich mir eben eine neue. Arschloch!« Ich stand auf und ging los. Er seufzte.

»Annie, warte!«

»Lass mich in Ruhe, okay. Ich kann auf deine Sprüche gut verzichten.«

Ich lief weiter über den Campus, konnte seine Schritte aber hören.

»Was für Sprüche?«

Ich äffte ihn nach: »Beziehungen halten eh nicht. Wer sich fest bindet, ist bekloppt, du bist selbst schuld, der ganze Scheiß halt.«

»Ich höre mich ganz sicher nicht so an«, witzelte er und ich drehte mich zu ihm um.

»Was willst du dann jetzt von mir? Du warst doch die ganze Zeit dagegen, dass Jake und ich zusammen sind. Und jetzt hast du ja den Beweis, dass du recht hattest.«

Und wieder wurden meine Augen feucht. *Verdammt noch mal. Reiß dich zusammen, Annie. Dieser Mistkerl ist keine Träne mehr wert!*

Genervt rieb ich mir sanft die Augen. Ich konnte Logans Gesichtsausdruck schwer deuten. Hatte er Mitleid? Oder konnte er mich nur nicht weinen sehen? Mein Make-Up war sicher dahin, aber was spielte das gerade für eine Rolle? Gar keine!

»Ich frage mich nur die ganze Zeit ... wieso hat er das gemacht? War ich so schlecht als Freundin?«

Logan schüttelte seufzend den Kopf, als hätte er diese Frage schon von mir erwartet.

»Annie ... du gibst dir doch wohl nicht selbst die Schuld daran, oder? Dieser Scheißkerl kann seine Finger einfach nicht von anderen Weibern lassen.«

Ich spielte an meinen Fingern herum, weil ich irgendwas tun musste.

»Er hat nur nicht gemerkt, was er an dir hat. Du bist klug, lustig und bildhübsch«, behauptete er ohne Umschweife.

Ich blickte ihn an.

Hatte er das wirklich gerade über mich gesagt? Und bevor ich etwas sagen konnte, schien er gemerkt zu haben, was er da von sich gegeben hatte.

»Also, für die anderen wirkst du sicher so. Ich meine, du weißt schon ...« Logan senkte etwas beschämt den Kopf.

Ich lächelte zaghaft.

»Manchmal bist du echt süß.«

Oh Gott, was hatte ich da jetzt gesagt? Er schien meine Verblüffung zu bemerken.

»Sicher, dass du nicht doch was von dem Tequila getrunken hast?«, fragte Logan skeptisch nach.

Ich lächelte, genauso wie er.

»Hier bist du ...« Jake!

Wir beide drehten uns um.

»Du schon wieder!«

Logan stellte sich neben mich und sein Lächeln war gänzlich verschwunden.

»Was willst du noch?«, fragte ich Jake gereizt.

»Mit dir reden. Du bist einfach abgehauen, ohne mir überhaupt zuzuhören.«

Ich ging ein paar Schritte zurück, als er auf mich zugehen wollte. Logan sah meine Reaktion und stellte sich zwischen uns.

»Und was willst du schon wieder?«, fauchte er Logan an.

»Ich gehe erst, wenn Annie es will.«

»Das ist doch ein Witz. Das ist eine Sache zwischen Annie und mir. Du hast hier nichts zu suchen.«

»Er soll hierbleiben«, rief ich dazwischen. Ich wollte nicht mit Jake allein sein.

»Ich denke, sie hat jetzt mehr als deutlich gemacht, dass sie nichts mehr mit dir bereden will«, sprach Logan.

Und wieder befanden wir uns in der gleichen Situation wie vorhin. Beide standen sich gegenüber.

»Ich sag es dir noch mal, verpiss dich«, stieß Jake unter zusammengepressten Lippen hervor.

»Ich will dir ungern vor Annie den Arsch aufreißen«, antwortete Logan ihm so sachlich wie möglich. Gott, hatte der Kerl Nerven. Jake war gut trainiert, ob Logan ihn da wirklich provozieren sollte?

Jake lächelte spöttisch.

Aus Panik, dass die beiden sich noch halb tot prügelten, stellte ich mich zwischen die beiden.

»Es reicht jetzt mal! Jake, geh einfach.«

Er blickte mich überrascht an. Als hätte er nicht mal im Traum gedacht, dass ich ihn wegschicken würde.

»Aber ...«

Ich schüttelte wütend den Kopf. »Nichts aber. Es gibt nichts mehr zu bereden. Es ist aus, klar! Ich will dich nicht mehr sehen. Du sollst mich in Ruhe lassen. Ist das endlich bei dir angekommen?«

Es musste einmal ausgesprochen werden. Ich musste ihm sagen, dass es kein Zurück mehr für mich gab.

Jake presste die Lippen aufeinander, und ich betete, dass er es endlich verstanden hatte. Sein Blick traf erst Logan, der nichts weiter dazu sagte, und dann blickte er noch einmal zu mir.

Wortlos ging er.

Die erste Träne rollte mir wieder über die Wange. Logan stand direkt neben mir, aber es war mir egal.

Doch anstatt etwas zu sagen, nahm Logan mich einfach in den Arm. Und ehe ich überhaupt darüber nachdenken konnte, fing ich an zu schluchzen. Ich weinte, ließ alles heraus und es fühlte sich richtig an. Es musste raus. Alles.

Fast ein Jahr lang war Jake mein Freund gewesen. Ein Jahr, in dem ich ihn geliebt hatte. Und jetzt zu realisieren, dass diese Liebe nur einseitig war, versetzte mir noch einen größeren Stich.

Logan strich mir sanft über den Kopf.

»Hey, alles wird wieder gut,« flüsterte er mir so sanft wie möglich zu.

Auch wenn der Satz nur so daher gesagt war, es fühlte sich gut an, dass er das sagte.

Seine Wärme und die Umarmung zeigten mir, dass ich nicht allein war. Er war wirklich da für mich, als mein Freund. Das bewies er irgendwie immer wieder. Auch wenn wir oftmals aneinandergerieten. Aber er war da ...

Ich klammerte mich fester an ihn, sodass ich direkt mit dem Kopf auf seiner Brust lag. Sein Herz schlug ziemlich schnell, obwohl wir nur herumstanden. Und dann sein Duft. Er kam mir so vertraut vor, obwohl ich ihm noch nie so nah gekommen war.

Auf einmal blitzten Momente, Bilder vor meinem geistigen Auge auf: zerwühlte Decken, ein Kichern, Küsse. Ich löste mich hastig aus Logans Umarmung. Was war das denn jetzt? Ich versuchte mir meine Tränen wegzuwischen, so gut es ging. Logan fuhr sich durch sein Haar, als würde er sich auch unwohl fühlen.

»Ich glaube, ich geh nach Hause«, sprach ich hastig, um dieser Stille ein Ende zu setzen.

»Gute Idee.«

Kapitel 10

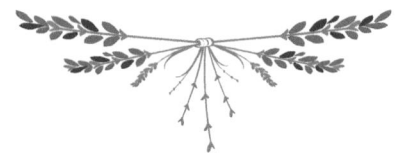

»Hey, Logan«, begrüßte mich Stacy aus dem Cheerleaderteam und zwinkerte mir zu.

»Hey«, antwortete ich ihr, setzte meinen Weg aber fort.

Heute würde ich mir Annies Ausreden nicht mehr anhören. Seit Monaten sagte sie jede Party ab, obwohl ich sie begleitet hätte.

Wenn sie darauf wirklich keinen Bock hätte, würde ich mit ihr ins Kino oder zum Minigolf gehen. Irgendwas würde uns schon einfallen.

Ich überquerte die letzten Meter zu ihrem Wohnheim, als Gigi herauskam.

»Logan ... Moment. Wo willst du hin?« Sie zog mich praktisch wieder fort vom Gebäude.

»Na, wo sollte ich wohl hingehen?«

»Nein, du wirst nicht zu ihr gehen!«

»Doch, werde ich«, erklärte ich ihr und fragte mich nicht das erste Mal, ob Gigi wieder mal zu tief ins Glas geschaut hatte.

Sie wollte mich aufhalten? Ganz sicher nicht. Es sei denn ...

»Sie heult doch nicht wieder wegen Jake, oder? Ist sie oben und wieder depressiv?«, fragte ich nach und wurde langsam immer panischer. Was, wenn Annie wieder fertig mit den Nerven war?

Die Trennung von diesem miesen Arschloch war zwar schon etwas her, aber Annie war sensibel. Der Typ hatte sie ziemlich an sich zweifeln lassen. Was meiner Meinung nach total unnötig war. Sie war perfekt für den Richtigen ... für ...

Annies lautes Lachen riss mich aus meinen Gedanken. Sie kam gerade aus dem Gebäude, gefolgt von einem Kerl. Ihn kannte ich nicht, aber ihr Outfit und dieses glückliche Lachen sagte irgendwie alles.

Sie trug eine kurze Jeans, ein enges Shirt und hatte tatsächlich ihre Haare gemacht und sich Farbe ins Gesicht geschmiert. Fuck. Annie hatte ein Date.

»Er ist in ihrem Seminar für ... keine Ahnung, hab es schon wieder vergessen«, sprach Gigi, während wir beide weiter beobachteten.

Der Typ fuhr sich immer wieder durch sein Haar, lächelte charmant und lief ihr wie ein Hündchen hinterher, als sie weitergingen.

Sie bemerkten uns nicht.

Warum auch? Sie schien glücklich. Annie wollte diese Verabredung, und wir waren nur Freunde. Einfach nur Freunde.

»Ich freu mich, dass sie endlich wieder datet. Es

wurde Zeit«, redete Gigi weiter. Am liebsten hätte ich ihr gesagt, dass sie die Klappe halten und mich in Ruhe lassen sollte. Aber ich tat es nicht.

Annie datete also wieder ... sie datete ... nicht mich.

»Hi Logan«, begrüßte mich irgendeine Tussi mit langen, gebräunten Beinen.

Ich lächelte zurück.

»Hi.«

Annie, 2011

»Ich danke dir, Annie. Du bist die Beste«, sagte Gigi zu mir, während sie meine Notizen in ihr eigenes Heft übertrug.

Wir saßen draußen auf einer Bank.

Ich nickte. »Schon gut, Gigi. Es kommt nur nicht mehr vor.«

»Versprochen. Großes Ehrenwort.«

Selbstverständlich glaubte ich ihr kein einziges Wort. Gigi würde wieder die Nacht zum Tage machen und ihre Hausarbeiten schlicht und einfach vergessen.

»Du bist doch Annie, oder?«, sprach mich plötzlich eine fremde Studentin an.

Ihre Mascara war völlig verlaufen. Wenn wir nicht helllichten Tag hätten und Studenten um uns herumlaufen würden, würde ich behaupten, sie wäre einem Horrorfilm entsprungen.

Mein Blick fiel kurz zu Gigi, die genauso verwirrt ausschaute.

»Ja, die bin ich«, antwortete ich zögerlich. »Wieso fragst …«

Ich kam nicht mal so weit auszureden, da hatte sie schon meine Hand gepackt und mich flehentlich angeschaut.

»Du musst unbedingt mit Logan sprechen. Bitte.«

Natürlich ging es wieder um Logan. Am liebsten hätte ich die Augen verdreht. Das tat dann Gigi für mich.

»Hör zu, …«, begann ich, wusste aber gar nicht, wie das Mädchen vor mir hieß.

»Ich heiße Liz. Logan hat dir sicher von mir erzählt.«

Nein, hatte er nicht.

»Wir hatten ein Date.«

Nein, Logan hatte keine Dates. Aber das würde ich ihr nicht sagen.

»Und es hat sofort zwischen uns gefunkt.«

Anscheinend funkte es nur auf einer Seite. Aber auch jetzt hielt ich die Klappe.

»Ich habe versucht ihn anzurufen, aber er geht einfach nicht ran. Würdest du vielleicht mit ihm …«

Jedes Mal dasselbe.

Er sprang mit ihnen ins Bett und meldete sich danach nicht.

»Liz, also … es tut mir leid, aber …«

»Oh Gott. Er hat eine Freundin, oder?«

»Nein, hat er nicht«, antwortete ich ihr, während Gigi einfach nur den Kopf schüttelte.

Sie hielt gar nichts davon, dass ich Logans Verflossenen ständig die Schulter zum Anlehnen anbot. Aber was sollte ich denn machen?

Ich war eine der wenigen Menschen, die mit Logan einfach nur befreundet war, und irgendwie dachten die Mädels hier, ich könnte ihn umstimmen. Aber Logan war nun mal kein Kerl für eine Beziehung.

»Ich weiß, er hat gesagt, er ist nicht bereit für etwas Festes«, redete Liz weiter.

Na, immerhin war er ehrlich.

»Aber ... ich liebe ihn.«

»Großer Gott«, murmelte Gigi neben mir genervt.

Ich ließ mir nichts anmerken. Sie tat mir einfach total leid. Auch wenn sie megadumm war, zu glauben, dass Logan sich ernsthaft ändern würde.

»Wenn Logan dir schon erzählt hat, dass er nicht bereit für eine Beziehung ist, dann ...«

Ich kam nicht so weit, denn Liz begann laut zu schluchzen. Diesen Teil hasste ich jedes Mal.

Die Studenten um uns herum gafften bereits.

»Liz!« Ich stand auf und rieb ihr über die Oberarme. »Du brauchst nicht weinen. Hey ...«

Sie fiel mir in die Arme und ich erwiderte leicht ihre Umarmung, weil sie eh nicht loslassen würde.

Gigis Seufzen war nicht zu überhören.

»Ich danke dir«, schluchzte Liz, nachdem sie sich endlich von mir gelöst hatte.

Ihre Mascara war praktisch über ihr ganzes Gesicht verteilt.

Ich überreichte ihr ein Taschentuch, das sie aber nicht benutzte.

»Kein Problem«, erklärte ich.

»Wenn er sich bei mir melden möchte, kann er das tun. Sagst du ihm das? Bitte?«

Ich nickte, obwohl klar war, dass er das nicht tun würde.

»Danke.«

Sie ging, und ich konnte wieder atmen.

»Warum tust du dir das an?«, fragte Gigi mich sofort, während ich mich wieder zu ihr setzte.

»Er ist mein Freund«, antwortete ich ihr monoton.

Ehrlich gesagt, fragte ich mich auch immer öfter, warum ich mir das antat.

»Freundschaft hat Grenzen, Annie.« Ich schaute sie an. Sie lächelte. »Okay, die Hausarbeiten mit einer guten Freundin teilen, ist natürlich davon ausgeschlossen.«

Ich versuchte zu lächeln, was mir nicht wirklich gelang.

Kapitel 11

Annie, Frühjahr 2013

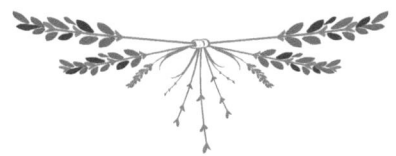

Die vier Jahre vergingen wie im Fluge. Gigi und ich hatten in unserem Zimmer eine Menge Spaß, Logan hatte eine Affäre nach der anderen und konnte mich dennoch ab und an zu einer Party überreden. Jake sah ich nur noch selten, er versuchte es nicht mehr bei mir, und ich kam über ihn hinweg.

Die Abschlussfeier fand draußen statt. Hunderte Stühle standen vor dem Hauptgebäude. Um elf Uhr sollten die ersten Diplome ausgeteilt werden, alle hatten ihre Robe schon an.

»Oh Gott, es ist geschafft, unglaublich«, jubelte Gigi und sprang vor Freude mehrmals in die Luft ...

»Wenn wir die Diplome haben«, erklärte ich, und wir gingen nach vorn, um unsere Sitzplätze zu finden. Ich konnte meine Mutter erkennen, die sich nach hinten zu den anderen Eltern und Familienmitgliedern gesetzt hatte.

Wow, sie war wirklich da. Mein Vater nicht. Überraschung.

»Hast du deine Eltern schon gesehen?«, fragte Gigi mich und sah sich um.

»Meine Mom ist da.«

»Uh, ja, da sind meine Eltern.« Sie winkte ihnen zu und setzte sich dann hin. »Wir sagen denen nur kurz Hallo und dann geht's zur letzten Party überhaupt auf dem College«, stupste sie mich voller Vorfreude an.

»Wo war die noch mal?«

»Jeder spricht darüber und du weißt da nichts von?«, fragte sie mich geschockt. Als würde sie das wirklich noch überraschen.

»Ich bin mit den Gedanken schon woanders. Übermorgen geht's nach New York und der Umzug steht an. Vielleicht solltest du auch mal darüber nachdenken. Immerhin hast du noch mehr Klamotten als ich.«

»Ich sehe es gelassen, Annie. Solltest du auch mal. Du hast das College hinter dir.«

»Jetzt kommt aber das Medizin-Studium.«

»Ach bitte. Das packst du auch noch. Und dann bist du schneller Ärztin, als du denkst.«

Ich lächelte nickend. »Hoffen wir´s mal.«

»Ladys«, begrüßte uns Logan, der sich hinter uns setzte.

»Wo warst du die ganze Zeit?«, fragte ich ihn leicht genervt. Wir wollten uns schon vor einer halben Stunde treffen. Er war aber nicht aufgetaucht.

»Ich musste meinen Eltern noch den Campus zeigen.« Er klang leicht gereizt. Ich kannte seinen Dad noch nicht. Er sprach auch wenig über ihn.

»Sie sind hier? Beide zusammen?«, fragte ich ihn überrascht.

»Bedauerlicherweise«, antwortete er tonlos.

Nach der Zeugnisausgabe zeigte ich meiner Mutter noch einige schöne Stellen auf dem Campus. Gigi musste warten. Wenn meine Mom schon den Weg zu mir fand, sollte sie wenigstens Zeit mit mir verbringen. Auch wenn sie immer wieder ungeduldig auf ihre Uhr schaute.

»Die Bibliothek hat wirklich eine unglaubliche Auswahl, 20.000 Bücher sind es bestimmt«, versuchte ich ihr Informationen zu liefern, die ich immer schon toll fand. Wir entschieden, noch einen Kaffee zu trinken, also gingen wir Richtung Campus-Café, als Logan und seine Eltern uns auf dem Weg begegneten.

»Annie«, er lächelte erleichtert.

Wieso war er so froh, mich zu sehen?

»Hey, Logan.«

»Annie, Liebes.« Rosa, seine Mutter, umarmte mich voller Elan. Im Augenwinkel konnte ich das überraschte Gesicht meiner Mutter sehen. Rosa besuchte Logan öfter mal auf dem Campus, und ich durfte somit auch immer wieder das Vergnügen haben, sie näher kennenzulernen. Sie war praktisch die Mom, die ich nicht hatte.

»Ich bin so stolz auf euch zwei. Jetzt habt ihr das College hinter euch gebracht und beginnt einen neuen Abschnitt in New York«, schluchzte sie schon fast.

Ich ließ sie los und stellte meine Mutter vor.

»Rosa, meine Mutter. Lilian Woodcraft.« Rosa schüttelte ihre Hand, jetzt wirkten beide sehr zurückhaltend.

Ich blickte zu Logan herüber, der angespannt die Situation beobachtete. Währenddessen schaute ich mir seinen Vater genauer an. Ich hatte ihn noch nie gesehen. Bilder gab es von Logan und ihm auch nicht.

Aber er wirkte genauso, wie ich dachte: groß, kaltherzig und arrogant. So konnte man ihn beschreiben. Nicht zu vergessen, der überteuerte Anzug, den er trug. Auf einmal konnte ich sehr gut verstehen, wieso Rosa sich von ihm scheiden ließ. Es musste Rosa eine Menge Kraft kosten, so neben ihm zu stehen. Laut Logan behandelte sein Dad beide wie Scheiße.

»Hast du schon eine Wohnung in New York gefunden?«, fragte mich Rosa neugierig.

»Ja, es war ganz schön schwierig, was zu finden, aber ich hab wirklich etwas Tolles gefunden. Klein, aber schön.«

»Dir ist schon bewusst, dass in New York keine Zeit mehr für Party und Frauen ist«, ertönte plötzlich die dunkle Stimme seines Vaters.

Alle sahen ihn überrascht an. Erst gar nichts sagen und dann so etwas in den Raum werfen. Unglaublich.

Logan nickte nur starr. Wie klein er auf einmal wirkte? Wo war der gestandene und selbstbewusste Logan hin?

»Jetzt lass den Jungen doch erst mal seinen Abschluss genießen. Und was er in seiner Freizeit tut, bleibt ihm ja wohl selbst überlassen«, konterte Rosa, doch sein Vater schien das nicht mal ansatzweise wahrzunehmen.

»Er wird mein Nachfolger und soll sich auch dementsprechend verhalten«, fauchte er so bösartig zurück, dass selbst meine Mutter leicht zusammen- zuckte. Ich sah zu Logan, der immer mehr in sich zusammensank. Was musste er für eine schlimme Kindheit gehabt haben mit diesem Mann im Haus?

»Gott sei Dank sagt das Gesetz in den Vereinigten Staaten, dass man mit 18 Jahren so weit entwickelt ist, dass man eigene Entscheidungen ganz gut selbst fällen kann. War das nicht in etwa so, Mr. Smith? Oder hat sich das Gesetz mittlerweile geändert? Sie sind der Experte«, feuerte ich ihm mit leicht sarkastischem Un- terton in der Stimme entgegen.

Ich wartete auf eine Antwort, aber es kam keine. Er sah mich nur wütend an, seine Nasenlöcher blähten sich auf, und bei Gott, wäre ich allein mit ihm gewesen, hätte ich auch Angst gehabt. Aber da wir es nun mal nicht waren und Logan sich so unbehaglich fühlte, konnte ich nicht anders.

»Mom, Dad ... geht ihr schon mal weiter? Ich muss mal eben mit Annie reden«, fragte Logan sie.

»Ich hol mir dann mal einen Kaffee«, räusperte sich meine Mutter und ging in die andere Richtung.

Die kleine Gruppe verteilte sich, bis nur noch wir beide allein übrig blieben.

»Sag mal, spinnst du jetzt total?« Er sah mich mit wütendem Blick an.

»Wie bitte? Jetzt machst du mich an? Lässt du das immer mit dir machen?«

»Er ist mein Vater!«

»Oh entschuldige, aber er redet mit dir, als wärst du sein Angestellter!«

Logan fuhr sich genervt durchs Haar. »Das macht er immer so. Er ist so.« Jetzt klang er leicht deprimiert. Es verletzte ihn. Das konnte ich raushören und sehen, warum ließ er das also zu?

»Es ist nicht deine Aufgabe, meinem Vater die Stirn zu bieten, okay.«

»Richtig, das solltest du tun. Immerhin geht es um dich dabei. Wo ist der Logan, der immer einen Spruch auf der Zunge liegen hat? Der feuern kann. Der, den ich hier seit vier Jahren kenne?«

Sein Blick war intensiv, er starrte mich regelrecht an. Aber sein Funkeln war weg. Diese Stärke in den Augen war nicht mehr zu sehen. Sein Vater war der Grund. Logan war den ganzen Tag schon so angespannt gewesen.

»Es ist nicht deine Aufgabe, meinem Vater zu erzählen, was für ein Wichser er ist, klar?«

»Und wieso tust du das dann nicht? Ich weiß doch, dass du diese Stelle in seiner Kanzlei überhaupt nicht willst!«

Seufzend senkte er den Kopf.

»Umweltrecht, das ist dein Ding. Das willst du. Wieso sagst du ihm das nicht einfach?«

»Du verstehst das nicht, Annie. Das ist seit meiner Geburt beschlossene Sache.«

»Dann ändere deinen Weg!«, fuhr ich ihn an.

Logan rieb sich seufzend die Augen und blickte mich dann wieder an.

»Misch dich da einfach nicht mehr ein, okay!«

»Gut, dann hab halt keine Eier in der Hose. Aber heul dich bei mir nicht in zehn Jahren aus, wenn du merkst, dass das ein großer Fehler war!«

Logans spitzbübisches Grinsen tauchte wieder in seinem Gesicht auf.

»Oh, da irrst du dich aber gewaltig ... meine Eier sind ...«

Kopfschüttelnd seufzte ich. »Du bist so ein ...«

Logan legte den Arm um meine Schulter und ging mit mir los.

»Du liebst mich doch. Das weiß hier jeder!«

Wir grinsten uns an. Idiot.

Kapitel 12

Logan, 2014

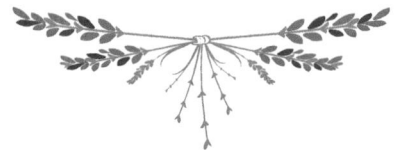

»Das oder das, Gigi? Was meinst du?«

Ich verdrehte die Augen.

»Das linke oder nein ... nimm das rechte Kleid«, antwortete Gigi.

»Echt jetzt?«, fuhr ich dazwischen. »Ich verbringe meine Mittagspause mit shoppen?«

Ich saß auf einem kleinen Hocker, während die beiden über ihre Klamottenwahl diskutierten.

»Er jammert. Wie süß«, lachte Gigi.

»Ich wollte es dir sagen, Logan. Ehrlich. Aber Gigi meinte ...«, wollte Annie erklären, aber ich winkte einfach nur ab. Mir war schon bewusst, dass diese Shoppingtour ganz sicher nicht von Annie geplant war.

Gigi verdiente ihr Geld mit diesem Scheiß, und Annie studierte. Ihr Leben galt der Medizin. Natürlich war es nicht ihre Idee. Sie schnitt lieber Menschen auf, um deren Leben zu retten, als sich einer Shoppingtour zu widmen.

Meine beste Freundin war nicht so oberflächlich.

Annie starrte unschlüssig auf die beiden Kleider, die sie sich ausgesucht hatte.

»Das linke«, sagte ich und ihr Blick fiel auf mich.

Annie wirkte überrascht.

»Betont deine Augen.«

Gigi und Annie starrten jetzt beide zu mir.

Ich zuckte mit der Schulter. »Oder nimm das rechte Kleid, wenn du es besser findest.«

»Er hat recht«, murmelte Gigi kurz und bündig. Dann schaute sie sich wieder nach neuen Klamotten um.

Annie blickte mich immer noch an, lächelte dann aber. »Das linke Kleid dann ...«

Ich grinste zurück.

»Sag mal Logan, was hast du vorgestern eigentlich im Donnys gemacht?«, fragte mich plötzlich Gigi.

Ich runzelte die Stirn. »Du warst auch da?«

»Nur kurz. Wer war deine heiße Begleitung? Meine Bekannte war der Meinung, es war dieses eine Model, dass momentan auf dem Times Square zu sehen ist.«

Seufzend nickte ich. »Kann schon sein ...«

Ich spürte Annies Blick auf mir, ignorierte ihn aber. Leugnen wäre zwecklos.

»Ich zahl dann mal das Kleid«, sagte Annie nach einer Weile der Stille, und ging zur Kasse.

Gigi bemerkte es nicht, aber ich konnte Annies Stimmung einschätzen.

Wie immer sagte ich nichts.

Kapitel 13

»Es tut mir leid!«, war mein erster Satz. Gefolgt von einem »Ich hatte nur wieder ...«

»Zu viel Arbeit«, antworteten Annie und Gigi synchron.

Ich setzte mich den beiden gegenüber und tat so, als würde es mich nicht stören, wie gut sie mich kannten. Es störte mich im Grunde auch nicht. Ich war nur verärgert, weil sie recht hatten.

Wir saßen in unserem üblichen Café in Manhattan. Früher hatten wir uns jede Woche hier getroffen. Jetzt war es ein Wunder, dass wir uns einmal im Monat sahen.

Die Entwicklung machte mir Angst.

»Du solltest kürzertreten«, sprach Annie und sah mich mitfühlend an.

Ihre Haare trug sie etwas kürzer als beim letzten Mal. Sie sah wie immer schön aus.

»Ich versuch es«, antwortete ich ihr, und sie antwortete wie immer:

»Das sagst du jedes Mal.«

Ihr spitzbübisches Lächeln traf meinen Blick.

Wir verstanden uns auch ohne Worte. Doch solange ich für meinen Dad arbeitete, würde ich immer mehr Zeit investieren müssen.

»Ach, hört auf zu quatschen. Ich will lieber Näheres über deinen Mr. Right wissen«, mischte Gigi sich jetzt ein und zwinkerte Annie verschwörerisch zu.

Ich runzelte die Stirn. Wovon sprach sie? Annie errötete leicht. »Er ist nicht *mein* Mr. Right.«

Der Kellner kam, um mir ein Glas Wasser einzuschenken. Ich ignorierte ihn komplett und schickte ihn ohne Bestellung weg.

»Das hörte sich gerade aber völlig anders an. Erzähl jetzt!«, bequatschte Gigi sie weiter.

Annie verdrehte die Augen, hatte aber dieses seltene Lächeln im Gesicht.

Das Lächeln, dass sie nicht oft benutzte, weil sie sich schlicht und einfach nicht in jeden dahergelaufenen Idioten verliebte.

Mein Puls schlug auf einmal viel zu schnell.

»Er heißt Steve und arbeitet bei mir im ...«

»Großer Gott, ein Arzt? Du hast dir einen Arzt geangelt?«, fragte Gigi begeistert nach.

Keiner der beiden Frauen bemerkte, wie ich die Serviette nahm und sie viel zu aggressiv auf meinen Schoß legte. Dann rief ich den Kellner, der sofort bei mir war.

»Scotch on the rocks. Doppelt. Schnell.«

»Steve also ...? Du hast mir von ihm noch nichts erzählt?«, fuhr Gigi sie überrascht an.

Der Kellner stellte mir meinen Drink hin und verzog sich schnell wieder.

»Ja, aber ...«, seufzte Annie, als wäre ihr das unangenehm.

Pah. Und wie unangenehm mir das erst war.

»Du weißt, was beim dritten Date passiert. Uuuund?«, hakte Gigi natürlich noch weiter nach.

Ich kippte mir den Drink in einem Zug runter. Shit. Eigentlich hatte ich heute noch einen Mandantentermin.

»Gigi! Nicht hier!«, war Annies Antwort darauf.

Großer Scheiß! Sie hatte es nicht verneint. Ich suchte den Kellner, der schnell reagierte und auch verstand, dass ich jetzt sofort einen weiteren Drink benötigte.

»Warum nicht? Nur Logan kriegt was mit. Und der hat weiß Gott viel mehr Erfahrung mit ...«

»Gigi«, seufzte ich genervt auf. »Sie will nichts erzählen.«

»Und seit wann gehörst du zur prüden Fraktion?«, fragte Gigi mich und runzelte nachdenklich die Stirn.

»Zwei von der Sorte reichen. Annie muss jetzt nicht auch noch über ihr Privatleben quatschen. Haben wir in den letzten Jahren zu oft getan, findest du nicht auch?«

Der Kellner kam ein weiteres Mal, und stellte mir gleich wieder einen doppelten Scotch hin.

»Danke.«

»Privatleben? Du meinst unser Sexleben«, erklärte Gigi mir, nachdem der Kellner weit genug weg war.

Ich zuckte nicht zusammen, ließ mir nichts anmerken. Auch wenn Gigi und ich in den letzten Jahren wirklich oft wechselnde Partner hatten, musste Annie doch auch nicht damit anfangen. Gigi sollte sie einfach in Ruhe lassen.

Dennoch musste der Drink herhalten, als Gigi weiter quatschte.

»Es ist nichts dabei, wenn sie auch mal Spaß hat.«

Ich kippte mir den Drink mit einem Schluck in den Rachen. Gigi starrte mich dabei provozierend an. Als wüsste sie genau, wie genervt ich davon war, dass Annie jemanden kennengelernt hatte.

»Es ist nicht nur Spaß«, sprach Annie plötzlich dazwischen.

Gigi und ich blickten sie an.

»Also ... ihr wisst, dass ich nichts von Affären halte. Ich kann so was nicht. Es müssen Gefühle im Spiel sein und ...«

Natürlich brauchte sie Gefühle. Annie war nicht so ein Mädchen. Wobei Mädchen nicht mehr passte. Sie war eine Frau geworden. Ohne jeden Zweifel.

Und sie hat mit mir geschlafen. Nur weiß sie nichts mehr davon.

An sich wäre das der perfekte One-Night-Stand geworden. Wenn ich ihn nur vergessen könnte ...

»Alles okay mit dir?« Annies Frage brachte mich völlig aus dem Konzept.

»Mhm?«

Gigi saß nicht mehr bei uns am Tisch.

»Sie musste auf die Toilette. Wirklich alles okay? Du hast so merkwürdig ausgesehen.«

»Hab ich nicht«, verteidigte ich mich viel zu leise und rief den Kellner wieder zum Tisch. Der stellte mir sofort einen weiteren Drink hin. Sein Blick sagte alles ... *Harter Tag? Oh ja.*

Er hatte ja keine Ahnung.

»Das ist dein dritter Drink«, stellte sie fest.

»Und?«, fragte ich viel zu gereizt.

Sie hatte wirklich keine Schuld, dass ich ... wobei sie eigentlich schon Schuld hatte, aber es immerhin nicht wusste.

»Ich sag ja nichts mehr. Idiot.«

Sie verschränkte die Arme vor der Brust. Heute trug sie ein schönes pastellblaues Sommerkleid. Es betonte ihre Augen.

»Du hast momentan viel auf der Arbeit zu tun. Ich weiß ... aber würdest du vielleicht nächste Woche oder so was ...« Annie druckste herum.

»Hast du Angst, dass ich dich auffresse, wenn du mich etwas fragst?«, fragte ich belustigt nach, griff mir meinen Drink und schwenkte ihn hin und her.

»Nein, nur weiß ich ja, was du von meinen bisherigen Dates gehalten hast.«

»Ach, komm schon, Annie. Es waren nur Dates.«

»Ja, aber Steve ist vielleicht mehr als das.«

Meine Hand stockte in der Bewegung. Mehr als das?

»Ich möchte, dass ihr euch kennenlernt. Steve soll verstehen, dass wir beide nur Freunde sind.«

»Ich soll ihn kennenlernen?«

Noch nie sollte ich einen Freund kennenlernen. Jake, der Wichser, zählte nicht. Die wenigen Dates in den Jahren, die sie hatte, genauso wenig. Aber Steve, der Arzt, der bereits sein drittes Date mit ihr hatte? Das hörte sich verdammt ernst an.

»Er mag mich, Logan.«

Ich mag dich auch.

»Ich mag ihn.«

Seufzend nippte ich an meinem Drink. So langsam zeigten die Drinks Wirkung. Ich sollte vorsichtiger sein.

»Er gehört zu den Guten?«, fragte ich.

Sie nickte freudig, als wäre meine Frage die beste, die ich ihr je gestellt hatte.

»Steve ist klug, freundlich und nett.«

Nett? Sie steht auf nett?

»Klingt für mich ziemlich langweilig.«

Sie plusterte ihre Wangen auf. »Ich mag langweilig. Nicht jeder muss sich wöchentlich eine andere Frau ins Bett holen.«

Den Seitenhieb hatte selbst ich verstanden. Dennoch lächelte ich leicht. »Wer kann, der kann.«

»Steve ist nett. Er ist heiß, toll und gibt sich auch nur mit einer Frau zufrieden!«

Sie stand auf, griff ihre Handtasche und funkelte mich wütend an.

»Ich habe nie gesagt …«

»Also, hast du nächste Woche Zeit?«, fuhr sie mir dazwischen.

Ich gab es auf, wenn sie so stur wurde. Sie dachte ja sowieso, ich hätte den größten Frauenverschleiß auf dieser verdammten Insel.

»Denke schon. Ruf mich einfach die Tage noch mal an«, antwortete ich ihr.

Sie nickte und ihre Miene wirkte wesentlich freundlicher. »Bis dann, Logan.«

»Bis dann.«

Sie ging. Ich schaute ihr nach.

»Hast du sie wieder mal vergrault?«, fragte mich plötzlich Gigi, die sich wieder an den Tisch setzte.

Nur widerwillig konnte ich mich von Annies Rückenansicht losreißen.

»Sie hat bekommen, was sie wollte. Ich lerne ihren Typen kennen.«

»Du meinst Steve«, erklärte sie.

»Mhm?«, tat ich ihren Satz ab und nippte wieder an meinen Drink.

»Der »Typ«, wie du sagst, hat ab sofort einen Namen. Sie scheint verknallt zu sein.«

Ich schnaubte und spürte Gigis Blick auf mir ruhen, schaute aber lieber durch die Gegend.

»Ihr zwei«, hörte ich sie murmeln.

Ja, wir zwei ...

Kapitel 14

Logan, heute

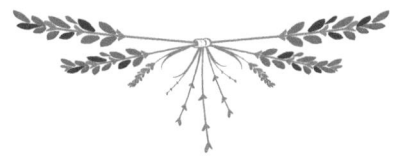

»Ich habe ihr einen Gutschein für ein Wellness-Wochenende besorgt«, grinste Gigi mich viel zu übertrieben an.

Wir hatten uns beide getroffen, um für Annie ein Geschenk zu ihrem Geburtstag zu finden. Die Party dazu sollte heute Abend stattfinden.

Ich war direkt nach der Arbeit mit Gigi in die Stadt gegangen, um mit ihr gemeinsam ein Geschenk zu finden.

»Schön, dass du was für sie hast«, antwortete ich ihr seufzend, während ich mich in den vielen Schaufenstern umschaute.

Ich steckte die Hände in die Hosentaschen.

»Wieso machst du eigentlich so einen Aufriss wegen eines Geschenkes? Sonst hast du ihr doch auch immer Gutscheine oder so was besorgt«, fragte sie mich plötzlich neugierig.

Warum machte ich so einen Aufriss ... was sollte ich dazu sagen? Gigi war definitiv der falsche Ansprechpartner dafür.

Ich verdrehte die Augen. »Frag nicht immer so viel, schau dich lieber um.«

»Okay okay, Mister Miesepeter.«

Drei Stunden später fand das Geburtstagsessen in einem italienischen Restaurant statt. Für uns alle hatte Steve separat einen Raum gemietet. Circa zwanzig Personen saßen an einem runden Tisch. Meine Mutter saß neben mir. Gigi befand sich rechts von mir und unterhielt sich mit einer Arbeitskollegin von Annie. Mein Blick fand immer wieder Annie, die wie bekloppt Steves Hand streichelte. Allein diese Geste brachte mich halb um den Verstand.

Es fing schon damals an, als Annie Steve vorbeibrachte, um ihn mir vorzustellen. Von Anfang an war mir klar, dass sie beide es ernst miteinander meinten.

»Was ist los, mein Junge?« Rosa sah mich forschend an.

Na wunderbar. Jetzt musste meine Mutter mich noch drauf ansprechen. Wenn jemand sehen konnte, wenn ich log, dann war es Mom. Verdammt.

»War nur ein langer Arbeitstag«, log ich.

»Ja, ich hab's schon gehört.« Meine Mutter lächelte stolz. Dad hatte sie also bereits informiert. »Du hast das Richtige getan, Logan. Du solltest deinen eigenen Weg gehen.« Sie streichelte kurz über meinen Oberarm.

Instinktiv schaute ich zu Annie rüber, die mir schon auf dem College immer gesagt hatte, ich sollte meinen eigenen Weg gehen. Sie bemerkte meinen Blick und lächelte zurück.

In letzter Zeit sahen wir uns nicht oft. Es lag an unserer vielen Arbeit und an ... Steve.

Wie so ein Schuljunge räusperte ich mich, nachdem Annie sich bereits wieder abgewandt hatte.

Plötzlich klopfte Steve an sein Wasserglas und stand auf.

»Darf ich eben um Ruhe bitten?«

Annie wirkte überrascht.

»Was machst du da, Steve?«, fragte sie überrascht.

Steve schaute zu ihr hinunter. »Es sind alle hier, die dir etwas bedeuten, mein Liebling.«

Außer ihren Eltern dachte ich, und genau den Gedanken sah ich kurz in Annies enttäuschtem Blick aufflackern. Sie fing sich aber schnell wieder, weil Steve direkt weitersprach.

»Wir kennen uns nun eine ganze Weile, und ich weiß jetzt schon, dass ich den Rest meines Lebens mit dir verbringen möchte, meine Schöne.« Einige Frauen am Tisch seufzten verliebt auf. Ich schüttelte einfach nur den Kopf. »Ich liebe dich, Annie. Wir sind glücklich, und ich will, dass du auch offiziell zu mir gehörst.«

Mein ungutes Gefühl nahm immer mehr zu. Steve wollte doch nicht ... er würde doch nicht etwa ...

Wie betäubt nahm ich wahr, wie Steve eine kleine Schachtel aus seiner Hosentasche fischte.

Annie wirkte zwar auch geschockt, aber im positiven Sinne, das sah man ihr sofort an. Als er auf die Knie sank, hörte ich selbst Mom vor Rührung seufzen.

»Annabelle Woodcroft. Willst du meine Frau werden?«

Für mich spielte sich das alles immer noch in Zeit-lupe ab.

Annie lächelte, sprang überschwänglich vor Freude auf und umarmte ihn stürmisch. Dann stülpte Steve ihr den Ring an den Finger, den sie viel zu lange lächelnd anstarrte.

Der Schock saß tief.

Warum zum Teufel hatte ich das nicht kommen sehen?

Steve und sie waren bereits länger zusammen. Mir war bewusst, dass es ernst war. Aber das hier? Das hier hätte ich verhindern müssen!

Es war dumm von mir zu erwarten, dass Annie be-merkte, was eigentlich zwischen uns passiert war. Ich hatte mich darauf ausgeruht, dass wir Freunde waren und sie sich vielleicht irgendwann erinnern würde.

Das war reines Wunschdenken gewesen. Ich hätte etwas unternehmen sollen. Von Anfang an, ich Idiot.

Annie hätte einen Antrag bekommen sollen, aber nicht von Steve.

Das erste Mal in meinem Leben war ich mir einer Sache sicher.

Ab heute würde ich Annie nicht mehr aus der Ferne beobachten. Nicht mehr!

Dennoch war Steve ein guter Kerl, er könnte sie glücklich machen. Wollte ich das wirklich riskieren? Sie liebte Steve …

Währenddessen begannen alle Gäste die beiden zu beglückwünschen. Auch ich war jetzt an der Reihe.

Mom hatte sie gerade umarmt, als Annie mich bemerkte. Sie lächelte strahlend, als gäbe es nichts Schöneres als Steve zu heiraten.

»Hey, Logan«, begrüßte sie mich etwas eingeschüchtert.

»Ihr heiratet also«, kam von mir und ich hätte wirklich netter klingen sollen, aber ich konnte es einfach nicht.

Sie schaute kurz zu Boden. »So sieht's wohl aus.«

Eine seltsame Stimmung breitete sich zwischen uns aus.

»Na, komm mal her«, sprach ich, weil ich es nicht mehr aushielt, Abstand zu ihr halten zu müssen.

Ich zog sie in meine Arme. »Ich wünsche dir, dass du glücklich wirst«, flüsterte ich ihr zu und nahm ihren Blumenduft in mich auf, der mir so bekannt war wie nichts anderes. Als ich sie wieder losließ, streifte eine Haarsträhne mein Kinn und ich zuckte wegen dieser Berührung regelrecht zusammen.

Annie bemerkte es und starrte mich an.

Bevor überhaupt etwas gesagt werden konnte, hatte Steve sie sich schon wieder gekrallt.

Frustriert biss ich mir auf die Innenseite meiner Wange. Das war also mein Moment gewesen. Der Moment, den ich gehabt hatte, um ihr zu sagen, dass da doch verdammt noch mal mehr war.

Moment mal? Ich »hatte« ihn?

Wer sagte denn, dass es keinen zweiten oder dritten geben würde? Wer sagte, dass ich mich jetzt schon geschlagen geben würde?

Kapitel 15

Logan, vor ein paar Wochen

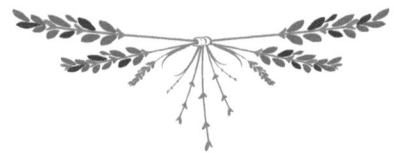

»Das sind die Papiere für den Hetheron-Fall. Ich habe noch ein paar eidesstattliche Versicherungen dazugelegt. Die große Mappe ...«

Mrs. Dupton erzählte mir wie jeden Morgen, was heute anstehen würde und womit ich mich den lieben langen Tag beschäftigen müsste.

»Hören Sie mir zu, Mr. Smith?«

»Ja, alles eingespeichert und wahrgenommen. Jetzt gehen Sie schon frühstücken, ich ...«

Ohne zu klopfen - als hätte er das jemals gemacht -, trat mein stolzer Vater herein. Worauf er genau stolz sein sollte, wusste ich bisher immer noch nicht. Und das sollte etwas heißen nach über 27 Jahren.

Mrs. Dupton verschwand schnell aus meinem Büro. Ich wunderte mich schon um überhaupt nichts mehr, wenn es um meinen Vater ging.

»Dad, was gibt's?«

Er mochte es nicht, wenn ich mich nicht anhörte

wie er. Ein Anwalt sollte Manieren besitzen. Würde er seinen Sohn wirklich kennen, wüsste er es besser.

»Ich habe von deinem großen Fall gehört, bei dem du assistiert hast«, begann er und setzte sich mir gegenüber.

Als ob er nicht wusste, an was für Fällen ich arbeitete.

»Ach, wirklich?«

»Ihr habt gewonnen. Die Presse überschlägt sich förmlich. Gut gemacht.«

Wäre dieses Lob nur eher gekommen. So etwa zwanzig Jahre eher. Jetzt fühlte sich ein Lob aus dem Mund meines Vaters nach nichts an.

Er hatte Mom und mich wie Scheiße behandelt. Bis sie ging, und er das nicht akzeptieren konnte. Die Scheidung vor fünfzehn Jahren glich einem Kriegszug. Er hatte jeden Anwalt auf sie gehetzt, nur um zu gewinnen. Am Ende lenkte Mom ein. Der ganze Besitz der beiden wurde ihm zugesprochen. Jeder Cent, nicht wie erhofft, geteilt. Jetzt ging es ihr wieder gut, aber das lag nicht daran, dass Dad ihr geholfen hatte. Sie hatte es aus eigener Kraft geschafft.

Dass ich überhaupt noch mit ihm redete, lag tatsächlich an Mom selbst. Sie wollte kein böses Blut zwischen uns.

»Meine Kanzlei hat einen weiteren lukrativen Fall an Land gezogen«, sprach er.

Er sprach wie immer von »seiner Kanzlei.« Dad bemerkte das nicht mal. »Ich will, dass du ihn übernimmst.«

»Ach ja?«

Dad runzelte die Stirn. »Natürlich. Du bist mein Sohn. Wenn ich jemanden beauftragen kann, dann dich.«

»Weil ich dein Sohn bin?«, fragte ich ungläubig und schnaubte. »Ich bin nur dein Sohn, wenn es dir in den Kram passt, oder?«

»Logan, reiz mich nicht«, murmelte Dad und rieb sich die Stirn. »Ich habe nicht sonderlich gut geschlafen.«

Ach, der Arme. Ich hätte fast Mitleid mit ihm gehabt, wenn es nicht ... mein Vater gesagt hätte.

»So wird es immer sein, oder?«

Meine Frage irritierte ihn noch mehr. »Wovon sprichst du denn jetzt schon wieder?«

»Diese elenden Machtkämpfe«, erklärte ich ihm.

»Du sollst einfach einen guten Job machen. Immerhin trägst du meinen Nachnamen!«

»Ja, und auch das weiß ich, Dad. Ich bin ein *Smith* und soll dir bloß keine Schande machen. Auch das ist mir mehr als bewusst!«

Ich war aufgestanden. Mich hielt gerade nichts mehr auf dem Stuhl.

»Worüber reden wir dann? Ich kann dir nicht ganz folgen«, sagte Dad und drückte den Rücken wieder durch, um den Stock in seinem Arsch nicht zu zeigen. Wie ich das alles hasste ...

»Verdammt, ich hab keine Ahnung, was es bedeutet. Ich weiß allerdings, was es nicht bedeutet.«

Dads Stirnfalten wurden immer tiefer.

»Ich werde mich nicht Tag für Tag in diesem Büro kaputt arbeiten, nur um dir zu gefallen.«

»Was heißt das?«

»Dieser Monat ist mein letzter hier. Ich höre auf.«

Dass ich es jetzt und so sagen würde, war ganz und gar nicht geplant. Auch wenn die Büroräume bereits gemietet waren und Personal bereitstand, war mir nicht ganz klar, ob ich das wirklich durchziehen würde.

»Du willst kündigen? Was willst du denn dann machen?«, fragte Dad und schien kurz darauf zu wissen, was ich vorhatte.

»Wage es ja nicht, mir in den Rücken zu fallen!«

»Sonst was?«, fragte ich wütend nach. »Willst du deinem erwachsenen Sohn verbieten, seinen eigenen Weg zu gehen? Wach auf, Dad. Ich war nie der Sohn, den du dir gewünscht hast. Ich kriech nicht vor dir zu Kreuze.«

»Du bist wie deine Mutter ...«, fuhr er mich an. »Ihr beide ...«

Eigentlich hatte ich gehofft, dass mal er emotionaler werden würde. Aber bevor es soweit kommen konnte, verließ er das Büro.

Fix und fertig ließ ich mich in meinen Stuhl zurückfallen.

Shit. Ich hatte es wirklich getan.

Kapitel 16

Logan, heute

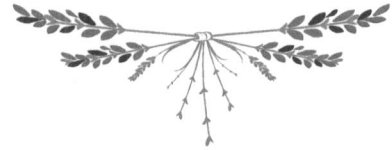

Ich öffnete die Tür zu meinem Apartment. Gigi folgte mir und schloss zaghaft die Tür hinter sich.

»Was ist los?«

»Was soll los sein?«, fragte ich sie, während ich meine Krawatte löste.

»Keine Ahnung. Du hast eine Laune wie zehn Tage Regenwetter. Sagst du mir jetzt, was dein Problem ist?«

Ich fuhr mir durchs Haar und legte das Jackett ab. »Es ist nichts.«

»Kann es vielleicht an einer gewissen Annabelle liegen, die den Antrag von einem gewissen Steve angenommen hat?«, fragte sie und legte dabei ihre Tasche auf die Couch. Automatisch spannte ich mich an.

»Wusst ich's doch«, rief sie viel zu laut.

»Was?«, fragte ich so unschuldig wie möglich.

»Annie und du ...«

Ich sah zu, wie sie sich in Rage quasselte.

»Selbst am College hab ich nie kapiert, wieso sie

deine Blicke nicht gesehen hat. Und sie selbst hatte auch immer so einen Blick drauf.«

»Was für einen Blick?« Jetzt wurde ich neugierig.

»Ha! Erwischt.«

Ich verdrehte genervt die Augen.

»Sie ist verlobt.« Die Bitterkeit in meiner Stimme entging auch Gigi keinesfalls.

»Ja, das kam überraschend. Aber noch ist nichts entschieden.«

Ich sah sie fragend an. Sie sah mich an.

»Ich glaube, du liebst sie.«

Was sollte ich sagen? Antworten konnte ich nicht. Seufzend fuhr ich mir durch die Haare. »Und ich glaube, sie liebt dich auch.« Ich erstarrte.

»Sie hat *seinen* Antrag angenommen«, klärte ich sie über das Offensichtliche auf.

Gigi zuckte mit den Schultern. »Das heißt nur, dass sie nicht weiß, dass sie die Wahl hätte.«

»Sag mal, woher kommt das alles auf einmal? Ich meine, seit wann interessiert es dich, wen Annie heiratet?«

Wieder zuckte sie mit den Schultern. »Keine Ahnung. Vielleicht liegt es daran, dass wieder eine Beziehung von mir in die Brüche gegangen ist oder dass ich Annies Ausdruck sehe, wenn sie mit Steve zusammen ist und sie dabei nie so gelöst ist, wie wenn wir zusammen unterwegs sind.«

Ich schloss die Augen, um die Wahrheit endlich loszuwerden. »Ich hab mit ihr geschlafen.«

»Mit wem?«, fragte sie automatisch nach.

»Mit Annie.«

»Wann?« Ihre Augen weiteten sich.

»Vor ungefähr sieben Jahren«, murmelte ich.

Gigi musste mehrmals blinzeln. »Ihr habt ... auf dem College? Und ich hab das nicht mitbekommen?« Sie wedelte mit den Händen herum. »Ihr seid mir zwei ... woow.«

»Sie war völlig betrunken. Und bevor du jetzt sagst, ich hätte es ausgenutzt. Ich habe sie mehrmals gebeten, es nicht zu tun.«

Gigi verschränkte die Arme vor der Brust. »Klar, kann ich mir vorstellen.«

»Im Ernst. Sie hat Sachen gesagt ...«, seufzend schüttelte ich den Kopf, um nicht noch weiter darüber nachzudenken, »... glaub mir. Sie hat Dinge gesagt, und dann ist es einfach passiert. Sie kann sich kein bisschen mehr daran erinnern.«

»Da vögelt ihr endlich, und sie hat einen Blackout? Ist das dein Ernst?«

»Glaub mir, ich wollte es auch nicht glauben, als sie am Morgen aufgewacht ist und mich panisch angesehen hat. Ich konnte ihr unmöglich sagen, dass ich ihr Erster war.«

Entgeistert starrte sie mich an. »Ihr Erster? Gott, das wird ja immer besser. Obwohl, auf dem College war sie ja wirklich etwas bieder.«

»Halt die Klappe.«

Abwehrend hob sie die Hand. »Ist ja gut.«

Ich ließ mich auf die Couch zurückfallen.

»Und das hast du die ganze Zeit für dich behalten?«, fragte sie mich jetzt und setzte sich neben mich auf die Couch.

»Ich konnte es ihr nicht sagen. Sie wäre doch ausgeflippt.«

»Meinst du?«

»Annie war mit Jake zusammen.«

Sie schnaubte. »Den sie Gott sei Dank losgeworden ist.«

»Jetzt hat sie Steve.«

Steve. Scheiße, ihn erwähnen wollte ich eigentlich gar nicht mehr.

»Und? Was heißt das schon? Annie hat keine Ahnung, was ihr zwei miteinander geteilt habt. Du musst es ihr sagen!«

»Glaubst du, ich hätte es nicht versucht. Es gab in den letzten Jahren so viele Gelegenheiten. Aber ich hab es nicht getan. Weil ich weiß, dass es alles verändert.«

»Manchmal tun Veränderungen auch gut, Logan. Sonst stellst du dich doch auch Herausforderungen. Ich meine, vielleicht ist es die letzte Möglichkeit, Annie zu bekommen. Ich denke sogar, es *ist* die letzte Chance.«

Ich seufzte. Das tat ich in letzter Zeit ziemlich oft. »Ich weiß. Als er ihr den Ring angesteckt hat, wollte ich, dass es mein Ring ist. Wie bescheuert klingt das denn?«

Gigi grinste. »Das ist keinesfalls bescheuert. Das nennt man wohl eher Liebe.«

Ich schaute zu ihr herüber und betrachtete sie. Ihr Blick fand meinen und plötzlich drückte sie mir ihre Lippen auf.

Einen Moment später war die Berührung schon wieder vorbei. »Sorry«, murmelte sie. »Das hätte ich nicht tun sollen.«

»Schon okay. Wir sind beide, glaube ich, etwas durcheinander«, erklärte ich ihr und räusperte mich kurz. Das Geräusch von Schritten drang durch die Tür.

»Hast du die Tür offengelassen?«, fragte ich sie und ging zur Wohnungstür, um hinaus in den Flur zu sehen. Annie stand im Fahrstuhl und die Türen waren schon geschlossen, bevor ich sie rufen konnte. »Scheiße.«

»Was?« Gigi kam an die Tür.

»Das war Annie.«

»Annie?« Ihre Stimme klang schrill. »Meinst du, sie hat uns gesehen?«, fragte sie mich jetzt.

Natürlich hatte sie uns gesehen. Deswegen hatte sie auch lieber auf den Boden gestarrt, anstatt mich anzusehen.

»Sonst wäre sie doch nicht einfach abgehauen, oder?«, fragte ich schnaubend nach und ging zurück in mein Apartment.

Wieso *ihr hinterherlaufen und endlich alles richtigstellen?*

»Das ist echt scheiße gelaufen, obwohl ...« Sie stockte, dachte über etwas nach.

»Was?«

»Reagiert so jemand, der nur den guten Freund in dir sieht?«

Stirnrunzelnd schaute ich sie an. »Muss ich das jetzt kapieren?«

»Sie haut ab, weil sie sieht, wie wir uns küssen! Wieso?«

Jetzt wollte sie auch noch Antworten von mir?

Gigi verdrehte die Augen, als keine Antwort von mir kam.

»Manchmal frag ich mich, wie du das Jurastudium überhaupt bestehen konntest. Du gehst ihr nicht am Arsch vorbei.«

»Wir sind Freunde.«

»Klar, aber selbst ich hab gecheckt, dass ihr immer viel mehr als Freunde wart.« Sie kam auf mich zu und lächelte. »Logan, vielleicht war das jetzt der Beweis dafür, dass du eine Chance hast.«

»Eine Chance?« Verständnislos blickte ich ihr ins Gesicht.

»Sie ist einfach abgehauen. Annie würde so nicht reagieren, wenn du ihr nichts bedeuten würdest, Logan.«

Gigis Worte brachten mich zum Nachdenken. Dann klopfte sie mir auf die Schulter und wirkte stolz auf sich. »Gern geschehen, übrigens.«

Sie zwinkerte mir zu. »Ich such sie. Und du überlegst, wie du das endlich auf die Reihe kriegst.«

»Reihe?«, fragte ich noch mal. Was erwartete sie denn jetzt von mir?

»Gott, Logan. Reiß dich zusammen. Sorg dafür, dass sie kapiert, was du willst.«

Kapitel 17

Annie

Ich saß in einem Café. Es war bereits Morgen geworden. Mittlerweile konnte ich nicht mal mehr sagen, wie lange ich dort bereits saß. Die Stadt, die niemals schlief, half mir gerade sehr, um die Zeit rumzubekommen.

Meinen Kaffee rührte ich schon die ganze Zeit nicht an, ich wollte ihn nicht. Wollte hier einfach nur sitzen. Darüber nachdenken, wie das alles passieren konnte. Ich saß direkt am Fenster. Konnte hinaussehen und die Leute, die an mir vorbeigingen, beobachten. Einige sahen glücklich aus, andere bedrückt und nachdenklich. Wie ich wohl für sie aussah? Ich schnaubte verächtlich. Wie sollte ich wohl aussehen?

Ich strich meinen Rock mechanisch glatt. Ich saß hier jetzt schon seit Stunden und grübelte über Dinge, die ich längst hätte ad acta legen müssen. Die Bedienung schaute ja auch wieder herüber, weil ich immer nur Kaffee bestellte. Sie schien noch angepisster, wenn ich neuen bestellte, weil der alte einfach nur kalt geworden war.

Ich wollte gar nicht wissen, was sie über mich dachte. Während die Sonne die Straßen und die Blocks von New York erhellte, dachte ich darüber nach, wie das alles angefangen hatte. Zwischen Logan und mir. Freunde ... das waren wir und ich dachte, unsere Freundschaft würde auch nach dem College Bestand haben. Die Kellnerin brachte mir das bestellte Stück Schokoladenkuchen. Wenn ich noch mal nur Kaffee bestellen würde, wäre ich bestimmt rausgeflogen.

Ich brauchte doch etwas Zucker, wenn ich schon den Kaffee nicht anrühren konnte. Als ich gerade die Gabel an dem Stück Kuchen ansetzen wollte, vibrierte mein Handy in der Tasche. Ich nahm es heraus, sah aufs Display. Es war Logan. Meine Stimmung verwandelte sich wieder von »so lala« zu »unterirdisch-beschissen«. Ich drückte ihn weg. Es gab nichts mehr zu sagen.

Vor über 15 Stunden feierte ich nicht nur meinen Geburtstag, sondern auch meine Verlobung. Steves Antrag kam überraschend, aber ich hatte mich wirklich darüber gefreut.

Und das wollte ich mit Logan feiern. Nur dass der bereits beschäftigt war, mit Gigi.

Das Klingeln des Handys riss mich aus meiner Grübelei. Natürlich war es wieder Logan, und wieder drückte ich ihn weg. Dann genoss ich weiterhin meinen Schokoladenkuchen.

Zucker ... genau das Richtige. Und wenn ich den aufgegessen hatte, was dann? Ich konnte ihm nicht die ganze Zeit aus dem Weg gehen. Toll, Zucker half nicht mal mehr. Mein Handy klingelte wieder. Ich hatte eine SMS:

Es tut mir leid ... melde dich bitte. Wir müssen reden.

Ich seufzte deprimiert auf und rieb mir die Augen. Es war ein verdammt langer Tag - oder besser Nacht - gewesen.

»Hier bist du!«

Ich sah auf und sah Gigi in der Tür stehen. *Das gibt's doch nicht.*

Ich ließ die Gabel genervt auf den Teller fallen und packte meine Tasche, um aufzustehen.

»Warte mal.« Sie ging auf mich zu. »Ich hab dich überall gesucht, und jetzt hörst du mir bitte zu.«

»Wieso sollte ich das tun?«

Ich klang sauer, giftig, angepisst. Sie konnte sich von mir aus was aussuchen. Gigi schien über ihre nächsten Worte genau nachzudenken.

»Na, weil ich dir was zu sagen habe.«

Sie setzte sich mir gegenüber, und ich blieb widerwillig sitzen. Als ich sie so ansah, perfekt gestylt, wie immer, kamen mir die Bilder von gestern Abend in den Kopf. Sofort wuchs wieder diese Wut in mir, diese Enttäuschung darüber, dass ...

»Ich ...« Sie schien die richtigen Worte finden zu wollen. »Ich weiß, wie das aussah. Und ich weiß auch, was du denkst.«

Ich verschränkte die Arme vor der Brust. »Nein, das weißt du nicht.«

»Bitte Annie. Wir sind doch Freunde.«

»Wir waren Freunde.«

Sie sollte wissen, wie ich über unsere Freundschaft dachte. Ihr tat es weh, ich sah es. Aber meine Wut über sie war stärker.

»Und wie soll das jetzt weitergehen? Du bist sauer, und ich bin für dich gestorben?«

»Gestorben, nicht existent. Such dir was aus.«

Sie seufzte frustriert auf. Hatte sie gedacht, das Gespräch würde gut für sie ausgehen? Wovon träumte sie denn bitte?

»Es war ein Fehler. Das weiß ich. Aber er war traurig, ich war traurig. Die Situation ...«

Mir platzte der Kragen.

»Was für eine Situation? Dass du mal wieder Single bist? Weißt du, ist dir mal in den Sinn gekommen, dass du deine Beine vielleicht auch mal geschlossen lassen solltest? Nicht jedem Typen gleich in die Arme springst, denen es emotional schlecht geht?«

»Annie ...« Sie schien noch verletzter als gerade.

»Was? Nur weil ich all die Jahre nichts gesagt habe, heißt das nicht, dass ich es dir jetzt nicht sagen darf, nachdem du nun auch meinen besten Freund gevögelt hast!«

Starrten die Leute uns im Café an? Keine Ahnung, war mir auch scheißegal.

»Wisst ihr, ich hab es so satt, dass ihr alle meint, die liebe Annie würde nie das sagen, was sie denkt. Aber mir reicht es. Ich bin mit euch beiden fertig!«

Ich griff meine Tasche abermals, legte ein paar Dollarscheine auf den Tisch und ging wutentbrannt aus dem Café.

»Annie!«

Ich ließ mich nicht aufhalten und lief die Straße entlang. Doch Gigi folgte mir wieder.

»Jetzt warte doch endlich!« Ich reagierte nicht, ging weiter. »Übertreibst du nicht, wenn man bedenkt, dass Logan nur dein bester Freund ist?«

Erschrocken blieb ich stehen und drehte mich zu ihr um.

»Mir war klar, dass du nicht gerade vor Freude durch die Luft springen würdest, als du uns gesehen hast, aber dass du so dermaßen austickst?«

»Was redest du denn da?«

Ich hatte wirklich keine Lust, ausgerechnet mit Logans letzter Eroberung über meine nicht existierenden Gefühle für ihn zu reden.

»Ich mag ja nicht so clever sein wie du und schalte sonst auch langsam, aber eines ist mir klar ...« Sie ging einfach ein paar Schritte auf mich zu.

»So reagiert keine Freundin, so reagiert SEINE Freundin.«

Mir wurde leicht übel. War ich so durchschaubar? Konnte ich nicht einfach die beste Freundin sein, die stinkwütend darüber war, dass er jetzt auch noch meine Freundin flachgelegt hatte?!

Kapitel 18

Annie

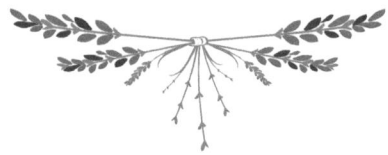

Ich ließ Gigi auf der Straße stehen. Ihre Ausreden und Andeutungen konnte ich mir nicht mehr anhören. Ausgerechnet von ihr.

Ich lachte abschätzig. Mittlerweile war ich wieder in meiner Wohnung in Brooklyn. Sie war mit einer kleinen Küche, dem großzügigen Wohnzimmer, einem geräumigen Schlafzimmer und angrenzendem Bad vollkommen ausreichend für mich. Ich stand gerade im Bad und spritzte etwas Wasser in mein Gesicht und dankte dem wasserfesten Kajal und der Wimperntusche.

Aber das brauchte ich jetzt. Ich hatte die ganze Nacht nicht geschlafen, saß die Nacht über in dem Café, und konnte mich nicht mehr hinlegen, weil ich in einer Stunde zur Arbeit musste.

»Nicht so viel nachdenken, Annie«, sprach ich mit meinem Spiegelbild.

Es sollte dir nichts ausmachen, verdammt noch mal.

Was machte ich mir eigentlich vor?

Es klopfte plötzlich an der Tür, und ich erschrak. Verhielt mich aber leise. Egal, wer es war, vielleicht würde derjenige einfach wieder gehen. Gesellschaft bräuchte ich jetzt wirklich nicht. Wieder klopfte es.

»Annie ... mach die Tür auf!«

Es war Logan. Verdammte Scheiße.

Wieder klopfte er.

»Ich weiß, dass du da bist. Ich habe dich reingehen sehen.«

Spionierte der mir jetzt nach, oder was?

Da er eh wusste, dass ich zu Hause war, ging ich schnellen Schrittes zur Tür, und öffnete sie. Da stand er also.

Wenn ich zurückdachte, wie Logan damals auf dem College ausgesehen hatte, konnte man jetzt sagen, dass er erwachsen geworden war. So irgendwie. Logan trug jetzt einen gepflegten Drei-Tage-Bart, immer Anzüge und wusste sich zu benehmen. Meistens jedenfalls. Früher war er immer so glatt rasiert, dass man meinen konnte, er hätte überhaupt keinen Bartwuchs.

Damals war er noch schmaler, nicht so durchtrainiert wie jetzt. Sein Gesicht besaß jetzt viel kantigere Züge.

»Was willst du?«

Ich versuchte, so wütend wie möglich zu klingen. Und es klappte, er sah schrecklich aus. Klar, vermutlich hatte er auch nicht schlafen können, war ja mit Gigi die ganze Zeit beschäftigt gewesen.

»Du hast mich nicht zurückgerufen.«

War das sein Ernst?

»Ich hab mir Sorgen gemacht.«

»Sorgen worüber?«

Ich packte mir meine Tasche.

»Ich bin schon lange volljährig, Logan. Ich denke, ich muss niemandem Rechenschaft abgeben, wenn ich mal was unternehme.«

»Das meinte ich auch nicht«, antwortete er mir leise und unsicher. Bevor er noch auf die Idee kam, in die Wohnung zu kommen, schloss ich die Tür hinter mir und ging hinaus. Er folgte mir. Keine Ahnung, wohin ich jetzt schon wieder gehen sollte. Aber dass ich gehen musste, war glasklar.

»Ich wollte dir das mit Gigi erklären!«

»Ach wirklich?«

»Es ist nicht so, wie du denkst, Annie.«

»Sicher.« Ich konnte nicht anders. Ich war so wütend. Da erwischte ich meine beste Freundin mit meinem besten Freund beim Knutschen und er servierte mir den klischeehaftesten Satz jener Liebesschnulzen, die er so verabscheute?

»Es ist nicht so, wie du denkst, Annie.« Also wirklich!

»Jetzt warte doch mal.« Er griff mich am Arm, erschrak und blieb stehen. Ich sah ihn überrascht an, er war es genauso. Mein Körper erwärmte sich von ganz allein, als er mich berührte.

»Was willst du mir sagen, Logan? Dass es ein Ausrutscher war? Du einsam warst? Was?«

»Gigi und ich haben nicht ...«

»Schon okay. Du hattest Bedürfnisse, die gestillt werden müssen. Kerle sind da anders gestrickt.« Logan ließ mich los, als ich ihm den Satz von damals zitierte. Er schien sich daran zu erinnern.

»Versuch es einfach nicht mehr zu erklären, Logan. Ich kenne dich und ich hätte es wissen müssen. Du magst Anzüge tragen, und dich nicht mehr auf jeder Party blicken lassen, aber im Grunde bist du noch immer der gleiche Collegestudent von früher, der nichts anbrennen lässt.«

»Du glaubst wirklich, dass ich dir das antun würde?«

Ich schüttelte leicht genervt den Kopf. »Was antun? Du bist mir keine Rechenschaft schuldig. Du kannst tun und lassen, was du willst.«

»Und wieso bist du dann einfach abgehauen?« Eine berechtigte Frage, und doch wusste ich keine Antwort darauf.

Versuchte ich mir die ganze Sache gerade schönzureden oder wollte ich mich vor ihm nicht blamieren? Ich hatte keine Ahnung.

Wieso geht es mir so nah? Wieso in Gottes Namen?

Und er wollte eine Antwort, das sah man ihm an. Mein schlaues Köpfchen musste doch irgendwas rausbringen können? Und da …

»Ich … ich finde es halt nicht gut, dass Gigi wieder in ihre alten Verhaltensmuster driftet. Sie hat mir versprochen …«

Meine Güte, wie unsicher konnte man so was denn rüberbringen? Selbst Logan schüttelte genervt den

Kopf und stützte seine Hände auf der Hüfte ab. Er hatte nicht ein Wort geglaubt.

»Meinst du, ich glaube nur ein Wort von dem Scheiß, den du von dir gibst?«

Okay, jetzt kam der unfreundliche Logan. Gar nicht gut. Aber ich konterte wütend. Ich wollte ihm auf keinen Fall zeigen, dass er jetzt am längeren Hebel war. Wer hatte denn mit Gigi geschlafen? Er!

»Ich habe nicht mit ihr geschlafen, verdammt noch mal.«

Stirnrunzelnd schaute ich ihn an. Konnte er Gedanken lesen? Seine Augen bohrten sich tief in meine. Sagte er tatsächlich die Wahrheit?

»Hast du nicht?«

Logan schüttelte frustriert den Kopf. Ich dachte, er sah so beschissen müde aus, weil er die Nacht mit Gigi verbracht hatte, aber war er etwa so drauf, weil er sich wirklich Sorgen um mich gemacht hatte?

»Ich hätte dir das auch sofort erklären können, wärst du nicht einfach abgehauen.«

Jetzt wurde ich aber sauer!

»Und statt mir eine SMS zu schreiben, dass du reden willst, hättest du einfach schreiben können, wie es wirklich war.«

»Hättest du mir geglaubt, mit einer einfachen Nachricht?«, konterte er wütend.

Nein, hätte ich nicht. Da hatte er schon recht. Beschämt darüber, wie blöd ich war, senkte ich etwas den Kopf. Meine Güte, ich hatte mich zum Narren gemacht.

Und jetzt stand Logan vor mir und war irgendwie immer noch gefühlt auf 180. Wieso eigentlich? Sollte er nicht froh sein, dass das endlich geklärt war?

»Was war denn dann zwischen euch?«

Ich hatte die Situation falsch verstanden, okay, aber was war denn dann das Problem? Logan sah mich ernst an, gefiel ihm die Frage nicht?

»Gigi war da ... uns ging es nicht gut ... und da kam es zu einem Kuss.«

Ich atmete tief ein, verdammt, tat das weh zu hören.

»Aber ... mehr war nicht. Und wir haben es auch sofort bereut«, versuchte er schnell zu erklären.

»Ja, den Kuss habe ich gesehen«, antwortete ich frustriert. Das Bild würde sich wohl niemals mehr von meiner Netzhaut entfernen lassen.

Es tat einfach weh, die beiden gestern Abend so zusammen gesehen zu haben.

»Warum hast du nicht einfach mit mir geredet? Wenn es dir nicht gut geht? Ich bin deine beste Freundin.« Meine Stimme troff nur so voller Ironie.

Warum kam er nicht zu mir?

Ich stellte mir eigentlich seit gestern Abend nur noch diese Fragen.

Warum hatte ich überhaupt so reagiert? Warum war ich so wütend? Warum? Warum? Warum?

Und Logans mittlerweile gereizte Stimmung - wobei eigentlich ich stinkwütend sein sollte - ging mir ehrlich gesagt auch gegen den Strich. Machte mich aber auch gleichzeitig ziemlich nervös.

Er sah mich kurz an, schien dann über die Frage wirklich nachzudenken. Länger als gedacht. Dann fuhr er sich mit der Hand durch die Haare.

»Sind wir keine Freunde mehr?«, wiederholte ich meine Frage mit leiser Stimme. Logan hob seinen Blick und sah mich ernst an.

»Waren wir je Freunde, Annie?«

Als ich in seine Augen blickte, kannte ich bereits die Antwort.

»Annie ...?«

»Mhm?«

»Ich habe nicht mit Gigi geschlafen und das werde ich auch nicht tun, verstanden?«, fragte er nach und musterte mich leicht besorgt.

Gott sei Dank, er hatte nicht mehr auf eine Antwort von mir gewartet.

»Du bist mir doch keine Rechensch ...«

Logan sog die Luft wütend ein.

»Wie dumm bist du eigentlich, Annie? Hier geht es nicht um Gigi, die ganze Zeit schon nicht.«

Ich sah ihn irritiert an.

Er schüttelte immer wieder enttäuscht den Kopf.

»Es bringt nichts, mit dir zu diskutieren. Und auf diesen Selbstbeschiss hab ich auch keinen Bock mehr.« Logan blickte mich dabei an. Da war wieder dieser Blick, den ich bereits kannte. Er machte mich früher schon immer nervös.

»Logan ...«

Doch bevor ich etwas sagen konnte, landeten seine

Lippen schon auf meinen. So erschrocken ich darüber war, so schnell erwiderte ich diesen Kuss auch. Aber bevor er länger dauern konnte, riss er sich wieder von mir los. Er holte tief Luft.

»Wir sind keine Freunde«, sagte er ohne Umschweife, als hätte dieser Kuss nichts in ihm ausgelöst. Seine Augen sprachen aber eine andere Sprache.

Mein Herz machte einen Sprung. Das durfte nicht sein. Wir waren uns immer noch sehr nah, die Köpfe beieinander.

»Annie ...«

Er schluckte angestrengt.

»Ich kann das nicht«, kam von mir die rasche Antwort, und diesmal konnte ich Abstand nehmen, weil er mich losgelassen hatte. Ich sah ihm nicht mal mehr ins Gesicht. »Das darf nie wieder passieren.« Und dann ließ ich ihn stehen.

Er kam mir nicht nach. Gott sei Dank.

Kapitel 19

Annie

Das Taxi hielt vor dem Eingang des Krankenhauses. Ein Rettungswagen war gerade dabei einen Patienten zu uns zu bringen.

Als ich ausgestiegen war, lief ich schnell in den Fahrstuhl hinein. Während der Fahrt beruhigte mich die ruhige Musik im Hintergrund überhaupt nicht. Als die Türen des Fahrstuhles sich schon wieder schließen wollten, verpasste ich fast meine Etage. Leise fluchend quetschte ich mich noch schnell raus, bog um die nächste Ecke und stieß mit jemanden zusammen. Déjà-vu. Sofort sah ich in blaue Augen.

»Alles okay?«

Ich lächelte sanft.

»Ja klar. Was machst du hier, Steve?«

Steve gab mir einen kurzen Kuss auf die Wange.

»Habe dich gesucht. Solltest du nicht längst arbeiten?«

Ich kratzte mir an der Schläfe.

»Ja, habe aber kein Taxi bekommen.«

Ich log. Hoffentlich sah er es mir nicht an.

Steve schien kurz über meine Antwort nachzudenken, als er mir eine Karte gab.

»Hier, ich wollte dir eben die Nummer des Floristen geben. Meine Mutter empfiehlt uns diesen für die Hochzeit. Er würde uns auch ein super Angebot machen.«

Ich nickte völlig mechanisch und nahm die Karte entgegen. »Schön.«

Wir waren gerade mal einen Tag verlobt.

Er legte den Kopf schief und musterte mich einen langen Moment.

»Ist alles in Ordnung?«

Ich nickte. »Sicher, es ist alles nur etwas stressig heute.«

»Und ich bombardiere dich schon wieder mit noch mehr Stress«, sagte er und schürte noch mehr mein schlechtes Gewissen.

Ich schüttelte den Kopf.

»Unsere Hochzeit ist kein Stress.«

Jetzt küsste er mich auf die Lippen. Ich konnte es nicht genießen. Dazu war ich noch zu sehr bei Logan und dem Kuss. Verflucht noch mal.

Ich war mit Steve auf dem Weg zum Floristen. Es war ein milder Tag heute. Händchen haltend liefen wir durch die Straßen. Wir waren jetzt schon fünf Wochen verlobt ...

»Du bist in letzter Zeit so nachdenklich. Ist wirklich alles in Ordnung?«, stellte mir Steve die Frage.

»Ach was. Es ist sehr viel zu tun auf der Arbeit. Und ich schlafe momentan nicht so gut.«

Das stimmte wirklich, aber der Rest war einfach gelogen. Ich konnte mich wegen Logan nicht auf die Arbeit, geschweige denn auf Steve konzentrieren, der einfach verdient hatte, dass ich ihm die Wahrheit sage. Aber was würde das bringen?

»Tut mir leid, dass ich selbst viel um die Ohren habe, aber ...«

Steve wollte sich entschuldigen? Das wurde ja immer besser.

»Ach was.« Ich blieb stehen, um ihn zu beruhigen. Er sollte sich keinen Kopf machen. »Du musst dir keine Sorgen machen. Das ist nur eine Phase, dass wir uns so selten sehen. Es werden auch wieder bessere kommen.«

Steve lächelte und wir liefen weiter.

Wie sehr ich diesen Mann liebte ... sein blondes Haar, seine schönen blauen Augen ... Logan hatte genau die gleichen Augen. Ehrliche und selbstsichere Augen. *Mensch, Annie. Jetzt reiß dich mal zusammen.*

Freundschaften kamen und gingen. Auch wenn sich das total gemein anhörte, aber wie sollte das zwischen Logan und mir denn weitergehen?

Wir waren keine 19 mehr. Da war so ein Kuss nicht einfach mal mit der Zeit ungeschehen zu machen.

»Hat Logan schon mit dir gesprochen?«, riss mich Steves aus meinen Gedanken.

»Logan?«, fragte ich ungläubig.

Steve sah mich abwartend an. »Ja, er wollte irgendwas wegen dem Junggesellenabschied fragen. Keine

Ahnung, wieso er ausgerechnet die zukünftige Braut da sprechen muss, aber hat er dich jetzt erreicht?«

Ich zuckte mit den Schultern. Er hatte sich seit Wochen nicht gemeldet. Nach dem Kuss ... kam kein Lebenszeichen mehr von ihm. Was mir lieber war, denn ich wüsste nicht, wie ich reagieren würde, würde er den Kontakt suchen wollen.

Und Steve konnte ich schlecht sagen, was da passiert war.

»Er plant deinen Junggesellenabschied?«, fragte ich noch mal dümmlich nach. Das wusste ich noch gar nicht.

»Ja, ich habe ihn letzte Woche gefragt, ob er mein Trauzeuge werden will.«

Ich blieb vor Schreck stehen. »Was?«

»Oh, wolltest du ihn zum Trauzeugen? Ich dachte Gigi ...«

Ich schüttelte den Kopf. Er verstand mich falsch.

»Nein, nein. Das ist schon okay. Aber er ist dein Trauzeuge? Er soll wirklich dein Trauzeuge werden?«

Steve musterte mich prüfend. Kein Wunder. Ich verhielt mich wie eine Verrückte.

Mir war bewusst, dass Steve meine langjährige Freundschaft mit Logan in Ordnung fand, sie von Anfang an auch akzeptierte, aber das jetzt?

Ich hatte Steve immer wieder klar gemacht, dass zwischen Logan und mir nichts war. Dass wir nur Freunde waren.

Selbst Logan hatte es ihm am Anfang erklärt und Steve glaubte ihm.

Und jetzt schien alles, aber auch alles, was wir ihm je versichert hatten, eine große Lüge gewesen zu sein.

Nicht, dass ich vorhätte, mit Logan durchzubrennen, aber erst meine übertriebene Reaktion auf sein Beinahe-Stelldichein mit Gigi und jetzt dieser Kuss!

Es wäre gelogen, wenn ich sagen würde, es würde mich kalt lassen. Gigi hatte recht, auch wenn sie das nicht oft hatte. Ich verhielt mich nicht wie irgendeine Freundin, sondern wie *seine* Freundin. Als hätte ich ein Anspruch auf Logan oder so etwas. Das war doch verrückt!

»Du weißt, ich hab es nicht so mit Freundschaften schließen ... und Logan ist für mich auch irgendwie ein Kumpel geworden«, erklärte er mir.

Ich glaubte, mir wurde schlecht.

Warum hat Logan mir das nicht erzählt? Ich hätte ihn davon abbringen sollen und jetzt das! Ich fand es immer schon toll, dass Steve Logan als Freund an meiner Seite akzeptierte, aber das jetzt war zu viel des Guten.

»Er hat mich noch nicht angerufen«, beantwortete ich ihm seine anfangs gestellte Frage. Auch wenn ich mir dachte, es wäre das Beste, war ich dennoch traurig, dass er sich nicht gemeldet hatte. Nicht wegen des Kusses.

Aber er war mein bester Freund und solange hatten wir noch nie Funkstille gehalten. Keine Mail, keine SMS, kein Anruf. Das war nicht normal für uns. So langsam musste ich mich wohl darauf einstellen, dass sich alles ändern würde ...

Wir liefen weiter durch die Stadt. Steve hielt meine Hand. Normalerweise fühlte sich das immer gut an. So Haut an Haut. Jetzt bemerkte ich meinen leichten Schweißfilm auf der Haut. Ich war nervös, und das nur, weil mein Verlobter meine Hand hielt. Das war natürlich wundervoll! Logan hatte mir das genommen.

Ich musste Logan sprechen. Da gab es keine anderen Möglichkeiten mehr.

Steve hatte seit Tagen versucht, Logan zu erreichen. Er wollte ihn wegen des Junggesellenabschieds sprechen. Aber er ging nicht ran und rief auch nicht zurück.

Bevor Steve noch irgendwas mitbekam, beschloss ich, zu ihm zu fahren. Wir mussten das klären.

Einen Tag hielt ich es aus, dann machte ich mich auf zu Logans Apartment. Er lebte an der Upper East Side, einer der teuersten Gegenden. Klar, wenn der Herr bald Daddys Firma übernommen würde, konnte man es sich leisten, so luxuriös zu leben.

Logan besaß nie die Kraft und den Mut, seinem Vater entgegenzutreten. Gut, er war wirklich einschüchternd, aber er war eben sein Vater. Logan hätte mit ihm reden können.

Ich holte einmal tief Luft, als ich an seiner Tür ankam und klopfte zweimal. Wenige Sekunden später öffnete er diese.

Logan hatte gerade seine Krawatte gerichtet. Er war wohl schon auf dem Weg zur Arbeit. So kannte ich ihn, und es wäre gelogen, wenn ich nicht zugeben würde, dass er in Hemd und Krawatte einfach umwerfend aussah.

Er sah mich überrascht an. Ja, ich hatte auch nicht gedacht, dass ich hier noch mal auftauchen würde.

»Annie ... was machst du denn hier?«

»Darf ich erst mal reinkommen?«

Er machte Platz, damit ich eintreten konnte.

Die Wohnung war zwar nur ein Zwei-Zimmer-Apartment, aber dafür war sie mindestens doppelt so groß wie meine. Die Möbel ultra-modern, die Aussicht mit diesen übergroßen Fenstern war unbeschreiblich. Ich blieb mitten im Weg stehen, während er sich das Jackett anzog.

»Ich muss gleich zur Arbeit«, teilte er mir mit.

»Dauert nicht lang.«

Jetzt hatte ich seine volle Aufmerksamkeit.

»Steve hat mir erzählt, dass du sein Trauzeuge bist.«

»Ja, er hatte mich gefragt,...« Logan kratzte sich den Nacken, er war nervös. Wusste er nicht, was er sonst dazu sagen sollte? Wunderbar, dann war ich jetzt wohl dran!

»Das kannst du nicht bringen. Wenn Steve das mit uns rausfindet ...«

Er trat ein paar Schritte auf mich zu. Ich klammerte mich wie verrückt an meine Tasche.

Logan machte mich unglaublich nervös. Was für mich eine total neue Erfahrung war, weil es halt um Logan ging. Er steckte seine Hände in die Hosentaschen.

»Und was soll er rausfinden? Nur damit ich selbst weiß, worum es geht.«

Sein Blick war starr auf mich gerichtet. Er erwartete von mir eine Reaktion.

»Du weißt genau, was ich ... der Kuss ...«

Er nickte und ich könnte schwören, dass seine Mundwinkel leicht zuckten. Lachte er mich etwa aus?

»Ja, ich habe dich geküsst. Und es tut mir leid für Steve. Ich mag ihn. Das Letzte, was ich gewollt hatte, ist, dass ich ihn hintergehe. Aber das Problem ist einfach ein anderes.« Ich sah ihn fragend an. Was kam jetzt? Wieder kam er zwei Schritte auf mich zu und ich musste hochschauen, um ihn anzusehen. War der Sauerstoff aus dem Raum entwichen? So fühlte es sich zumindest an.

Meine Atmung wurde schwerer.

Seit wann hatte er so eine Wirkung auf mich?

Plötzlich zeigte er auf mich und sich selbst.

»Das hier hat etwas zu bedeuten. Und nicht erst seit dem Kuss. Ich glaube, das wird auch dir immer klarer.«

Ich schüttelte vehement den Kopf und brachte Abstand zwischen uns.

»Sag mal, bist du völlig verrückt geworden? Woher kommt denn plötzlich dieser Gedanke?«, fragte ich ihn, klang aber nicht mal ansatzweise so sicher, wie ich es sein sollte.

Ich sah ihn fragend an. Automatisch spielte ich kurz mit meinem Verlobungsring herum. Logan bemerkte die Geste.

»Deswegen?« Ich hielt ihm den Ring hin. »Weil ich heiraten werde?«

Er senkte etwas den Kopf. Ein Zeichen dafür, dass ich nicht völlig falsch lag. So gut kannte ich ihn bereits.

»Und jetzt willst du was von mir? Dass ich die Hochzeit abblase? Um mit dir was zu tun? Ein Wochenende im Bett zu verbringen?« Als er nichts erwiderte, schnaubte ich verächtlich. »Ich bin vielleicht oft unsicher, kontrollsüchtig und eine Besserwisserin, aber eines bin ich nicht, Logan. Dumm. Und das müsstest du nach all den Jahren über mich auch wissen!«

»Kann ich auch mal was dazu sagen?«, sprach er mir plötzlich wütend dazwischen. Wieso war er denn jetzt bitte sauer? »Ich kann ja irgendwie verstehen, dass du manchmal denkst, ich wäre immer noch derselbe Kerl wie auf dem College. Das bin ich aber schon lange nicht mehr. Und wenn du ehrlich zu dir bist, weißt du das auch. Tja, eines war mir immer klar: Ich mag die meisten Frauen in meinem Leben nicht gerade gut behandelt haben, bei dir war es aber immer etwas anderes. Nicht nur weil wir Freunde waren, Annie.« Jetzt kam er mir erneut näher.

Logan schluckte, holte tief Luft und dann sah er mich wieder an. »Wenn du für mich nur ein One-Night-Stand gewesen wärst, wären wir keine Freunde geworden.«

Meine Lippen erzitterten. Mein Körper bebte vor unterdrücktem Zorn. Er musste sich versprochen haben. Ich musste mich verhört haben …

Logans intensiver Blick lag allein auf mir, er wartete ab. Obwohl sich tausend Fragen in meinem Kopf auftaten, sagte ich kein einziges Wort.

Warum sollte auch ich als Erste etwas sagen? Erst haute Logan hier eine kleine Rede heraus und dann verstummte er.

One-Night-Stand? Logan und ich?

Es gab nur eine Nacht, in der ich so abgestürzt war, dass ich keine Erinnerung mehr daran hatte. Nur an mein dämliches Gekicher konnte ich mich erinnern. Die Nacht war immer noch ein großer schwarzer Fleck in meinem Kopf. Ich war so verdammt betrunken gewesen.

»Annie.« Logan wollte auf mich zugehen, aber ich ließ das nicht zu. Mir fiel eine Strähne ins Gesicht, die ich schnell hinters Ohr legte und dann begann ich laut zu lachen.

»Ich lass mich auf deine Spielchen gar nicht erst ein«, schnaubte ich, drehte mich um und wollte nur noch durch diese Haustür hinaus.

»Du weißt es,« sagte er plötzlich mit ernster und vor allem ruhiger Stimme. Ich erstarrte praktisch, während ich auf die Tür starrte. *Geh einfach hindurch, Annie. Schnell!* »Du weißt, dass es stimmt.«

Ich umklammerte noch fester meine Handtasche. Ich brauchte etwas, um mich quasi symbolisch festzuhalten. Irgendetwas, was mir Kraft gab.

»Soll ich dir alles ...,« begann er weiterzureden, aber ich ertrug es nicht.

»Nein!«, fiel ich ihm ins Wort.

Logan sprach nicht weiter. Ich musste hier weg! Sofort!

Meine Beine trugen mich endlich weg, als die Tür hinter mir ins Schloss viel.

Wenn er es ausgesprochen hätte, würde es vermutlich real werden. Und das konnte ich gerade nicht zulassen.

Ich war verwirrt; verwirrt, weil er mich so angesehen hatte ... verwirrt darüber, weil ich ihn so angesehen hatte. Und jetzt das.

Logan hatte mir damals versichert, dass nichts zwischen uns gelaufen war. Mir war klar, dass ich mich vielleicht irgendwann erinnern könnte, aber ... das waren immer nur Bruchstücke, und woher hätte ich wissen sollen, dass sie mit dieser Nacht zusammenhängen könnten? Immerhin gab es so was wie Tagträume, Déjà-vus.

Und jetzt ... jetzt redete er von einem One-Night-Stand. Das war doch total verrückt!

Kapitel 20

Annie

Da es an der Tür geklopft hatte, öffnete ich sie. Logan konnte es nicht sein. Wenn er an der Tür klopfte, klang es kraftvoller.

Jetzt denke ich schon an die Intensität seines Klopfens. Hör auf!

Gigi lächelte zaghaft, als ich die Tür öffnete. Wir hatten uns eigentlich seit dem Moment, als sie Logan geküsst hatte nicht mehr gesehen.

»Hi«, sprach sie als erstes.

Ich zögerte, ließ sie aber dann doch hinein. Gigi schloss die Tür hinter sich und ich setzte mich wieder auf die Couch, als wäre sie gar nicht da.

»Was machst du da?«, fragte sie mich und setzte sich mir gegenüber.

Sie überschaute die ganzen Zettel und Magazine auf dem Wohnzimmertisch.

»Hochzeitsdeko«, sprach sie. »Also seid ihr euch noch nicht einig?«

Ich schüttelte den Kopf und aß weiter mein Eis. Es schmeckte schal und fad, aber ich musste mich irgendwie beschäftigen.

»Annie ... ich weiß nicht, wie oft ich mich noch entschuldigen soll. Es ...«

Ich musste die Situation beenden.

»Ich weiß, dass da nicht mehr lief«, sagte ich ihr. Gigi ließ mich nicht aus den Augen. »Logan hat es mir gesagt.«

»Du hast mit ihm gesprochen?« Sie sah überrascht aus und ich zuckte mit den Schultern. »Und jetzt?«

Ich schaute sie fragend an. Was wollte sie von mir jetzt hören?

»Ist alles wieder okay«, antwortete ich ihr so ruhig wie möglich.

Ich wollte es dabei belassen. Was sollte ich ihr denn auch erzählen? Dass zwischen Logan und mir gar nichts okay war? Dass ... dass ich nicht mal wusste, dass nicht alles okay zwischen uns war?

»Habt ihr nicht geredet?«

Na toll, jetzt will sie es noch genauer wissen!

»Bitte Gigi. Ich heirate Steve.«

»Ich glaube, das ist hier jedem mittlerweile bewusst, Annie«, antwortete sie leicht belustigt.

Also wäre diese Tatsache lustig! Ich stand von der Couch auf, weil mich das alles zu nervös machte. Ihre Fragen machten mich nervös.

»Und wieso nervst du mich jetzt auch noch damit? Erst Logan, jetzt du. Es hat sich nichts geändert, okay?

141

Logan und ich sind Freunde, mehr nicht. Das waren wir schon immer und werden wir auch immer bleiben.«

Oder wir sind es nicht mehr ...

Gigi schüttelte leicht den Kopf, sagte aber natürlich nichts.

»Was?«, herrschte ich sie an.

Sie holte tief Luft. »Annie ... wie lange hast du mit Logan gesprochen? So wie ich dich kenne und du hier gerade auftrittst, vielleicht höchstens zehn Minuten?«

»Und?«, fragte ich genervt nach.

»Ich weiß nicht, was er dir gesagt hat, aber an dem Abend, als du uns beide zusammen ... na ja, gesehen hast ...«

Mein Magen machte mir sofort Probleme. *Gott, dieses Bild bekomme ich so schnell nicht mehr aus meinem Kopf.*

Gigi stand auf und ging auf mich zu.

».... da hat er mir etwas erzählt, was für dich vielleicht auch wichtig ist zu wissen.«

»Was denn?«, fragte ich nervös nach.

»Annie ...« Sie atmete wieder tief ein »... ihr hattet Sex.«

Kopfschüttelnd schnaubte ich.

»Was erzählst du denn für einen Mist?«

Sie jetzt auch noch!

Ich ging in die Küche, um mein Eis wegzustellen. Mein Herz klopfte wie verrückt in meiner Brust. »Ich finde so was nicht witzig, okay.« Meine Antwort fühlte sich für mich nicht mal ehrlich an.

Ich schloss die Augen und wünschte, ich wäre woanders. Ganz weit weg.

»Annie ... siehst du mich bitte mal an?«

Ich drehte mich seufzend um und lächelte zaghaft. »Was?«

Gigi stand jetzt etwa drei Meter von mir entfernt.

»Du weißt es, oder? Oder du hast es zumindest geahnt.«

Ich schnaubte.

»Das ist doch ...« Nicht mal den Satz konnte ich beenden.

Gigi seufzte kopfschüttelnd.

»Jetzt hör mir mal zu, Annie. Ich weiß nicht, wieso du dir unbedingt einreden willst, dass Steve der Richtige ist. Klar, vielleicht irre ich mich ja, und er ist es wirklich. Aber eines weiß ich ganz gewiss: Logan hat in deinem Leben immer eine wichtige Rolle gespielt, und egal wie oft du es dir einreden willst, er war nicht nur dein bester Freund. Und jetzt, wo es dir langsam klar wird, bekommst du Angst. Wer würde die nicht bekommen? Aber glaubst du nicht auch, dass du dir wenigstens eingestehen solltest, dass da was ist oder wenigstens war zwischen euch?«

»Und wenn ich das tue? Was passiert dann? Was passiert dann zwischen Logan und mir, kannst du mir das erklären? Logan ist kein Beziehungsmensch, Gigi. Das hat er in all den Jahren nicht nur gezeigt, sondern auch ständig gesagt. Kannst du mir sagen, was an mir so anders sein soll? Kannst du das?«

Ich lief wieder ins Wohnzimmer und sah die ganzen Hochzeitszeitschriften auf dem Tisch liegen. Gerade war alles zu viel. Seufzend fuhr ich mir über die Stirn.

»Ist das der Grund?«, fragte sie mich plötzlich.

»Was meinst du denn jetzt schon wieder?«, fuhr ich sie an.

»Du hast Angst.«

Angst? Ja, verflucht noch mal. *Die habe ich!*

Logan war nie jemand gewesen, der es ernst meinte.

Was ist, wenn ich ihm glaube? Was ist, wenn er morgen aufwacht und wieder die Flucht ergreift?

»Gigi, ich liebe Steve. Ich werde ihn heiraten.« Klang ich überzeugend genug?

Sie nickte leicht.

»Ich respektiere deine Entscheidung, verstehen muss ich es aber nicht. Du nimmst die sichere Partie, Annie. Das hast du immer. Deswegen war Logan auch nie mehr als dein bester Freund.«

Verdammt noch mal, warum werden meine Augen denn jetzt auch noch feucht?

»Er soll dir alles erzählen, Annie. Wenn du dich für Steve entscheidest, gut, aber du kannst ihn nicht heiraten, wenn du nicht weißt, was Logan dir zu erzählen hat. Du solltest alles wissen. Und wenn du die Konfrontation meiden willst, denk dran, dass du tausend Fragen hast, die nur einer dir beantworten kann.«

Kapitel 21

Logan

Ich saß in meinem Büro und starrte ins Leere. Den ganzen Tag über dachte ich nur an Annie.

Seit Wochen bestimmte sie meine Gedanken, nur heute war es besonders schlimm.

Alles fing damit an, dass sie sich verlobt hatte. Zuerst dachte ich, es wäre die Angst, sie generell als Freundin zu verlieren. Aber Steve und ich waren auch befreundet, sodass das nicht der Grund gewesen sein konnte.

Es lag damals schon einzig und allein daran, dass …

Jemand klopfte an der Tür. Steves Kopf erschien an der Tür.

»Hey, Kumpel!«

Ich hätte nicht überraschter gucken können.

»Steve? Meine Empfangsdame hat dich einfach …«

»Ja, sie meinte, du hättest jetzt keinen Termin und ich könnte eben vorbeischauen«, erklärte er mir.

Widerwillig nickte ich. Ich musste mal ein Wörtchen mit meiner »Empfangsdame« reden.

Ausgerechnet Steve ... mit dem wollte ich mich gerade wirklich nicht auseinandersetzen.

»Was gibt's?«, fragte ich stattdessen, damit er auch schnell wieder abziehen konnte. Steve setzte sich mir gegenüber.

»Ich wollte nachfragen, was mit dem Junggesellenabschied ist. Du wolltest dich melden, und ...«

Den Mist hatte ich schon ganz vergessen.

»Ja. Ich hatte viel zu tun, und ...«

»Nicht schlimm. Ich bin eh kein großer Fan davon.« Er seufzte. Also käme da noch mehr. »Ich mach mir nur so langsam Sorgen um Annie.«

Jetzt wurde ich hellhörig.

Steve rieb sich an der Schläfe. »Sie ist so abwesend seit Wochen. Wir wussten ja, dass wir momentan wenig Zeit miteinander haben, aber irgendwie ist sie anders. Als wenn sie etwas beschäftigt.«

»Wirklich?«, entschlüpfte mir die Frage, ohne groß nachzudenken, heraus.

»Ich will sie auf keinen Fall verlieren, Logan«, gab Steve ehrlich zu. »Sie ist alles, was ich habe.«

Seufzend fuhr ich mir durchs Haar. Was sollte ich dazu sagen? Ich war doch der völlig falsche Ansprechpartner dafür.

»Weißt du irgendetwas?«, fragte er mich plötzlich aus.

»Was meinst du?«

»Ist sie sich nicht mehr sicher wegen der Hochzeit? Hat sie vielleicht sogar jemand anderen?«

Ich öffnete den Mund, um ihm eine Antwort zu geben. Aber welche wäre das?

»Ja sorry, Steve. Ich will Annie. Ich bin es, der sie dir wegnehmen will. Du bist eben nicht der Richtige.«

Das konnte ich ihm unmöglich sagen. Nicht jetzt!

»Steve ...«, begann ich stattdessen.

Abwartend schaute er mich an.

»Ich weiß wirklich nichts.«

Klang es überzeugend genug? Für mich hörte sich alles, was ich dazu sagte, hohl und unecht an. Aber für ihn?

»Sie ist so anders. Irgendetwas ist da«, mutmaßte er weiter und drückte sich einen Finger auf die Lippen. Diese beschissene Mediziner-Geste. »Kannst du mir einen Gefallen tun?«

Ich schaute ihn nachdenklich an. »Klar.«

»Ich weiß, dass ihr schon viel länger befreundet seid und sie dir vertraut. Aber könntest du vielleicht mit ihr reden?«

»Ich? Ich glaube nicht ...«

»Es muss ja nicht direkt angesprochen werden. Aber wenn du was erfährst, könntest du mir Bescheid geben? Ich will nicht, dass sie noch die Hochzeit absagt. Das würde ich auf keinen Fall ertragen.«

Ich zögerte. Steve hatte ich ehrlich gesagt noch nie so gesehen. Mir war bewusst, dass Steve Annie aufrichtig liebte, aber ... scheiße, ich hatte einfach nicht erwartet, dass mein schlechtes Gewissen langsam überhandnehmen konnte.

»Tut mir leid, wenn ich dich gestört habe. Ich bin auch gleich wieder weg.«

Als er aufstand, tat ich dasselbe. »Kein Problem, Steve.«

»Und du redest mit ihr?«, hakte er noch einmal nach.

Ich zögerte wieder leicht, bevor ich nickte. Steve bemerkte es nicht. Er schien einfach froh, dass er einen neuen Verbündeten gefunden hatte.

Kapitel 22

Annie

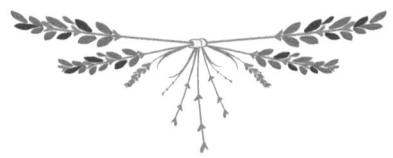

Ich saß im Ärztezimmer und starrte auf meine Akten. Normalerweise hätte ich damit längst fertig sein müssen, aber irgendwie konnte ich mich nicht darauf konzentrieren.

Diese ganze verzwickte Situation machte mich noch wahnsinnig. Frustriert darüber, dass ich meine Gedanken nicht sammeln konnte, schmiss ich den Kuli, den ich die ganze Zeit über nur in der Hand hielt, aber nicht benutzte, in die nächste Ecke. Nicht mal mehr auf der Arbeit konnte ich abschalten.

Obwohl das früher immer mein Joker war, wenn es nicht so gut lief, war Arbeiten gerade das Letzte, was ich gerade wollte.

Jetzt dachte ich immer nur an Gigis Worte, die sie mir an den Kopf geworfen hatte.

»Logan hat in deinem Leben immer eine wichtige Rolle gespielt, und egal wie oft du es dir einreden willst, er war nicht nur dein bester Freund. Und jetzt, wo es dir langsam klar wird, bekommst du Angst. Wer würde die

nicht bekommen? Aber glaubst du nicht auch, dass du dir
wenigstens eingestehen solltest, dass da was ist oder wenigs-
tens war zwischen euch?«

War es wirklich so einfach?

»Störe ich dich?«

Logans Stimme riss mich aus meinen Gedanken. Er
stand im Raum und starrte mich fragend an. Viel zu
schnell stand ich auf meinen Beinen. Der Schock, ihn
jetzt hier zu sehen, war zu groß.

Logan schaute wie immer gut aus. Und er trug diesen tollen Anzug, der ihm so gut stand.

»Was machst du denn hier?«

»Steve war bei mir«, gab er ohne Umschweife von
sich.

Logan klang ziemlich ernst, und auch ich bekam
einen kleinen Schreck, als er Steve erwähnte.

»Er war bei dir? Warum?«, fragte ich nach.

Er begann im Raum herumzulaufen, und sich die
Gerätschaften anzusehen.

»Was glaubst du wohl?« Logan blickte zu mir und
schon fühlte ich mich schlechter. »Zum einen, weil
ich mich nicht mehr gemeldet hatte bezüglich des
Junggesellenabschiedes. Zum anderen war er wegen dir
bei mir.«

Ich sagte nichts dazu. Mein Herz schlug schon so
viel zu schnell.

»Keine Sorge, er weiß nichts. Er befürchtet allerdings,
dass du die Hochzeit absagen könntest.«

Ich senkte erleichtert den Kopf. Aber war ich

wirklich erleichtert? Wäre es nicht einfacher, wenn Steve Bescheid wüsste?

»Ich habe ihn noch nie so gesehen«, sprach Logan plötzlich weiter. »Er war völlig verzweifelt. Macht sich große Sorgen um dich. Er sagt, dass du in letzter Zeit sehr abwesend bist. Und er kann es sich nicht erklären.«

Logan sagte es, als würde er mir damit eine Frage stellen. Und es stimmte, ich war abwesend. War nur noch in Gedanken vertieft.

Ich spielte mit meinen Fingern herum. Es war so eine angespannte Situation, man spürte es sofort. Die Uhr an der Wand war das einzige Geräusch in diesem Raum und das machte mich noch nervöser.

Seit wann war das so zwischen uns? Waren wir gar keine Freunde mehr?

»Ich bin ihm gegenüber nicht fair«, sprach ich das aus, was ich vermutlich schon länger dachte.

Logan sah mich fragend an. Unsere Blicke trafen sich. Auf keinen Fall zu lange in seine Augen schauen, ermahnte ich mich. Ich dachte an Gigis Worte. Seit Tagen dachte ich darüber nach und ich wollte Logan nicht fragen, aber jetzt, da er vor mir stand ...

»Ich hätte ihm sagen müssen, dass du und ich nicht nur Freunde sind«, platzte es aus mir heraus.

Ich konnte sehen, dass Logan tief Luft holte. »Sind wir das nicht?«, fragte er dann auch noch.

»Ach hör doch auf, Logan«, fauchte ich. Ständig diese blöden Gegenfragen.

»Ich kann mich nicht mehr erinnern, du anscheinend schon. Und ich will es jetzt wissen.«

Logan blickte mich stirnrunzelnd an. Deswegen holte ich noch einmal tief Luft. Du schaffst das! Du schaffst das!

»Ich will wissen, was da an dem Abend genau zwischen uns gelaufen ist.« Eigentlich klang ich ziemlich unsicher, aber mein Blick blieb starr auf ihn gerichtet.

Sein Blick veränderte sich. Da war keine Frage mehr in seinen Augen zu lesen, sondern ...

»Bist du dir sicher?«

Ich verdrehte gespielt theatralisch die Augen. »Würde ich sonst fragen?«

Kapitel 23

Logan, 2009

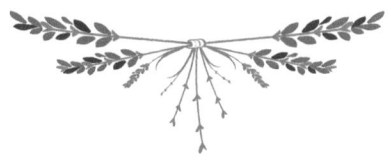

»Du bist mit deinem Cousin auf den Abschlussball gegangen?«, fragte ich Annie ungläubig. Sie nickte und trank den letzten Rest aus meiner Wodka-Flasche. Ich prustete los. »Nicht dein Ernst!«

»Das ist nicht witzig, okay!« Sie stand wieder von ihrem Bett auf, wippte ein bisschen hin und her, ging dann aber an den Schrank, der mit Sicherheit nicht ihr gehörte.

»Was tust du da?«

Doch bevor ich aufstehen konnte, hielt sie eine weitere Flasche in die Luft.

»Jawwwooohhhhl! Ich wusste doch, dass sie hier ist.« Whiskey? Wollte sie sich heute umbringen?

Ich stand auf und griff nach der Flasche, sie jedoch hielt sie an ihrer Brust, als wäre sie ein kleiner Säugling, der Schutz bedarf.

»Hey, die gehört Gigi und die ist meine Zimmergenossin. Also trink ich den auch!«, gab sie stur von sich. Ich hielt die Arme unschuldig hoch.

»Okay, wie du meinst.« Das war Whiskey, Teufel noch mal!

Wobei sie nichts vertrug. Ich gab ihr zwei Schlucke, bis sie auf ihrem Bett einschlafen würde und ich meine Ruhe hätte.

Ich setzte mich an die Bettkante und beobachtete, wie sie versuchte, die Flasche zu öffnen.

»Starr mich nicht so an«, fauchte sie und bekam endlich den Verschluss auf. Annie registrierte noch erstaunlich viel, obwohl sie ja bereits eine halbe Wodka-Flasche geleert hatte.

»Ich starre nicht.«

»Dann glotz halt nicht.« Sie setzte die Flasche an und trank tatsächlich einen kräftigen Schluck, bis sie plötzlich zu husten begann und die Flasche schnell absetzte. »Oh Gott.«

»Das ist Whiskey, Annie. Eine Nummer zu groß für dich.«

»Blabla, willst du immer recht haben?«

»Eigentlich willst du das immer.« Sie war der Streber von uns beiden, aber das schien sie vergessen zu haben.

»Lass mich einfach in Ruhe trinken!«

Ich zuckte mit den Schultern. »Dann mach.«

Annie sah mich nachdenklich an, als hätte sie etwas im Sinn. »Mit wem bist du eigentlich zum Abschlussball gegangen? Lass mich raten: Sie war dünn, hatte dicke Titten und war bereit, dich zu vögeln.«

Ich schüttelte seufzend den Kopf. Ganz zu

schweigen von ihrer Ausdrucksweise, die mich wirklich überraschte, war das wohl jetzt genug für sie.

»Gib mir die Flasche.« Ich stand auf und ging auf sie zu.

»Nein!« Annie umarmte sie schon wieder.

»Annie, du hast genug!«

Ich griff nach der Flasche, sie hielt aber dagegen. Musste ich jetzt noch böse werden, oder was?

»Wieso antwortest du mir nicht einfach«, fauchte sie wütend.

»Auf was für eine Frage?« Ich seufzte. Es war anstrengend. Sie war anstrengend.

»Wieso gibst du nie Antworten, wenn ich dich darauf anspreche, ob du mal eine gesunde Beziehung geführt hast?«

»Und was ist für dich bitte gesund?«, fragte ich sie genervt.

»Na, du weißt schon ...« Jetzt klang sie verlegen. »Eine richtige Beziehung halt.«

Nicht das schon wieder. »Ich halte nichts von richtigen Beziehungen, das habe ich dir schon tausendmal gesagt.« Endlich schaffte ich es, ihr die Flasche zu entreißen.

»Ich kapier das nicht. Wieso nicht?« Wurde das jetzt eine Therapiesitzung, oder was?

»Reicht doch, wenn einer von uns eine gesunde Beziehung führt, oder?«

Annie schnaubte. »Klar, er ist ja nie da.«

Mir war schon bewusst, dass sie frustriert war und sich deswegen abschoss.

155

»Du hast doch gesagt, er wollte seiner Familie helfen.« Ich setzte mich ihr wieder gegenüber.

»Klar, aber so langsam glaub ich, dass es keinen Sinn hat.« Annie wirkte enttäuscht und auch verletzt. Behandelte er sie wirklich nicht gut? »Glaubst du, man kann jemanden lieben, der einem aber irgendwie nicht gehört?«

Jetzt sah sie mich an. Ihre Augen glänzten im Licht. Hatte sie mich das wirklich gefragt? Ich nahm einen großen Schluck vom Whiskey. Er war nicht der Beste, aber er musste reichen. »Sorry, ich hatte vergessen, dass du noch nie verliebt warst.« Ihr schien die Frage unangenehm.

»Ich glaube, dass die Liebe so manch einen zur Verzweiflung bringt.« Annie sah mich an und schien überrascht darüber, dass ich dazu überhaupt etwas sagte.

»Ganz sicher, dass du noch nie ... verliebt warst?« Annie grinste frech. Ich schüttelte sofort den Kopf und wandte mich ab. »Gibst du mir noch einen Schluck?« Sie zeigte auf die Flasche.

»Du hast wirklich genug, Annie.«

»Wer bist du bitte? Mein Vater? Ich kann doch wohl selbst für mich entscheiden.«

Wieder stand sie vom Bett auf, nur diesmal verlor sie praktisch sofort das Gleichgewicht und fiel auf den Hintern. Ich stand auf, um ihr zu helfen, doch sie brach in lautes Gelächter aus.

»Hey, komm hoch.« Ich zog sie an den Armen hoch und drückte sie an meinen Oberkörper.

»Du bist so ein Spielverderber, aber du riechst gut!«
Ich verdrängte sofort den Gedanken über ihren eigenen tollen Geruch, als sie sich langsam aufstellte und mich ansah. Waren wir uns je schon mal so nah gewesen?

Sie biss sich auf ihre Lippen - und verdammte Scheiße: Machte sie mich gerade an?

Bevor aber jemand anderes darüber entscheiden konnte, wie er darauf reagieren sollte (zum Beispiel mein Freund in der Hose), holte ich einmal tief Luft und ging ein paar Schritte zur Seite und stellte die Flasche auf ihren Schreibtisch.

»Leg dich hin und schlaf deinen Rausch aus, okay. Und geh so bitte nicht mehr raus.«

Annie blickte mich immer noch an, obwohl ich versucht hatte, mich abzuwenden.

»Wieso willst du mich nicht?«

»Was?« Hatte ich mich gerade verhört?

»Wieso baggerst du jedes Mädchen auf dem College an, nur mich nicht? Ich versteh›s nicht.« Sie seufzte frustriert. »Als du mich damals angesprochen hattest, war ich davon überzeugt, dass du mich anbaggern würdest, aber dann, ich weiß nicht … dann hast du dich wieder anderen gewidmet. Bin ich dir zu dick, oder was ist es?«

Ich fuhr mir durchs Haar. Sie war betrunken. Sie war nicht sie selbst.

»Leg dich hin, schlaf dich aus, morgen sieht die Welt schon wieder ganz anders aus.« Ich ging zur Tür, aber Annie schien mir nicht zugehört zu haben. Sie griff sich die Flasche vom Schreibtisch und nahm einen großen Schluck. Jetzt verzog sie nur kurz ihr Gesicht. Sie lernte dazu.

»Wolltest du nicht gehen?«, fragte sie mich genervt.

Seufzend schüttelte ich den Kopf. Diese Frau würde mich noch ins Grab bringen. Ich konnte sie so doch auf keinen Fall allein lassen. Fehlte ja noch, dass sie auf die Idee kam, in dem Zustand noch rauszugehen.

»Ich kann dich so nicht allein lassen.«

»Wieso? Mich lässt doch eh jeder allein.«

»Ich bin hier, oder?«

Annie nickte lächelnd.

»Das bist du irgendwie immer. Warum?«

Ich sah sie fragend an.

»Warum, was?«

»Warum bist du immer da?« Es war eine berechtigte Frage, nur der falsche Zeitpunkt. Wenn sie nüchtern wäre, wüsste sie das.

»Weil wir Freunde sind«, antwortete ich ihr nach einigen Momenten des Nachdenkens.

»Du bist nicht nur mein Freund«, antwortete sie plötzlich.

Sprachlos schaute ich sie an.

Das ist nicht sie, Logan. Entspann dich, sie weiß nicht, was sie da sagt!

»Du magst mich vielleicht nicht so, wie ich dich … aber ich sehe dich nicht so, wie du mich siehst …« Ich sah sie weiter an, ohne etwas zu sagen. Annie redete wirres Zeug, es ergab aber irgendwie doch Sinn. »Egal«, sprach sie und nahm noch einen Schluck aus der Flasche.

»Ich sehe dich«, antwortete ich ihr und sie schaute mich sofort wieder an. »Ich sehe dich jeden Tag so an.« Die Worte sprudelten sofort aus mir heraus.

Sie schluckte. »Was hast du gesagt?«

Ich holte einmal tief Luft. Ich wusste, dass ich das jetzt nicht sagen sollte, aber sie hier so stehen zu sehen und mir immer wieder die gleichen Fragen anzuhören ... ich musste ihr einfach antworten.

»Du bist alles andere als dick, okay. Du bist schön, und wenn jemand was anderes behauptet, hat er einfach keine Augen im Kopf. Du kannst von mir aus sagen, dass du dich hässlich findest, aber ich weiß es besser. Du bist perfekt ... für mich.«

Ich hatte eigentlich nichts erwartet, als ich es ihr sagte, aber als sie auf mich zukam und ihre Lippen auf meine presste, war es um mich geschehen. Das war genau das, was ich wollte. Von Anfang an. Sie. Nur Sie.

Kapitel 24

Annie

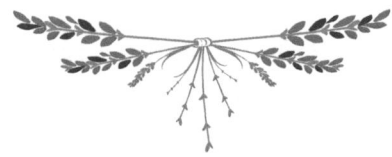

Die Sirenen irgendeines Rettungswagens draußen versetzten mich wieder ins Hier und Jetzt. Ich schluckte, während ich Logan zugehört hatte. Er sah mich stumm an, hatte aber eine ernste Miene aufgesetzt.

Wir hatten uns geküsst ... soweit konnte ich ihm folgen.

»Und was ist dann passiert?«

Er fuhr sich nervös durchs Haar.

»Annie ...«

»Sag es mir, Logan. Ich will alles wissen. Alles, was in jener Nacht passiert ist.«

Logan, 2009

Meine Zunge drängte in ihren Mund, und auch ihre wartete wohl schon begierig auf mich. Sie löste den Kuss und küsste meinen Hals.

»Logan«, flüsterte sie mir ins Ohr, und mein Körper, mein Schwanz reagierten sofort auf sie. Ein verdammter Kuss, das Flüstern meines Namens, und mein kleiner Freund reckte sich so hoch wie noch nie zuvor.

Das durfte doch nicht wahr sein!

Mir war klar, dass sie eine Wirkung auf mich hatte, aber dass ich es jetzt wirklich rausfinden konnte und diese Reaktion so heftig war, irritierte selbst mich. Annie zog an meinem Hemd, Gott, verdammt, sie wollte es wirklich.

»Annie, hey ... Annie ...«

Ich griff mir ihre Hände, die an meinen Knöpfen herumhantierten.

»Sieh mich jetzt verflucht noch mal an«, sagte ich.

Ich verlor langsam echt die Geduld.

»Was?«, fragte sie gereizt.

Unsere Blicke trafen sich. Ihrer wirkte glasig.

»Weißt du, was du da tust?«, fragte ich sie direkt.

»Ja.«

»Sicher? Du bist betrunken.«

»Und ist das so schlimm?«

Ich runzelte die Stirn. Diese Antwort hätte ich eigentlich nicht erwartet. Hatte ich bei ihrem Alkoholpegel überhaupt eine Antwort erwartet?

»Du kennst mich, Logan. Nüchtern würde ich das niemals tun, weil ich viel zu viel Angst hätte, was das zwischen uns wäre. Und das weißt du!« Ihr Blick war starr auf mich gerichtet. »Ich würde alles zu Tode analysieren. Aber das hier jetzt ist endlich die Gelegenheit, das tun zu können, was ich schon immer wollte.«

»Du willst das hier?« Ich klang unsicher, so wollte ich gar nicht klingen. Ich roch den Whiskey, sie war verdammt noch mal betrunken, und das hier war keine gute Idee!

Das kannst du nicht tun, Logan. Das würde sie dir niemals verzeihen, das ist moralisch doch überhaupt nicht vertretbar!

»Annie ... bitte, ich kann nicht.«

Ich senkte den Blick, ich musste noch nie so kämpfen, scheiße noch mal. Ich befand mich im Ausnahmezustand. Und dann dieser Kuss, ich hatte immer noch einen Ständer.

»Gut, dann eben nicht.« Sie lief rückwärts, ohne mich aus den Augen zu lassen, und zog plötzlich ihr Top aus.

»W-was machst du da?« Ich sah es zu Boden fallen. Ihre Brüste sprangen mir praktisch ins Gesicht. Sie trug einen schlichten BH, aber verdammt, Annie sah wunderschön aus.

Sie sah mich ohne zu blinzeln an. Annie errötete nicht mal. »Das könnte heute dir gehören.«

Ich fuhr mir durchs Haar. Gott, verdammter! Noch plumper konnte sie es mir nicht servieren. Ich war doch auch kein Heiliger!

»Logan ...« Jetzt kam sie wieder auf mich zu. »Ich will begehrt werden. Ich will, dass du mich willst.«

Wenn sie genauer hinsehen würde, wüsste sie ganz genau, wie sehr ich sie wollte.

»Du weißt nicht, was du da sagst.«

Annie spielte mit dem Feuer und sie wusste nicht, wie sie es löschen konnte.

»Vermutlich, aber ich will keinesfalls auf Jake warten. Ich will dich.« Jake, allein sein Name kotzte mich schon an. Er und sie passten kein bisschen zusammen. Der Penner machte sie unglücklich, das hatte ich heute Abend verstanden.

Und da schaltete ich den Kopf aus.

Ich war hier, Jake nicht.

Diesmal küsste ich sie, verdammt, ich presste mit aller Macht meine Lippen auf ihre. Sie sollte fühlen, was sie mit mir machte.

Ich packte sie an den Hüften und hob sie hoch. Von wegen dick. Sie passte perfekt an meinen Bauch, und genauso perfekt hielt sie sich an meiner Schulter fest und steckte mir ihre süße Zunge in den Hals. *Scheiß auf Regeln, scheiß auf alles. Ich will sie. Und sie will mich.*

Ich hatte es versucht, ich hatte wirklich versucht zu widerstehen. Aber sie wollte es nicht. Und ich wollte es auch nicht.

Ich drückte sie an die Wand und hatte somit mehr Spielraum, sie zu berühren. Aber unsere Münder konnten sich einfach nicht voneinander trennen.

Annie öffnete die Knöpfe meines Hemdes und zog

es mir schnell vom Körper. Ich berührte immer wieder ihre Titten, bis dieser beschissene BH mich immer mehr nervte, und ich ihn schnell mit einer Hand öffnete. Ich löste mich von ihren wunderschönen Lippen und musste sie einfach ansehen.

Gott, sie war wunderschön. Wieso hatte dieses Mädchen nur so große Selbstzweifel? Sie musste doch selbst sehen, wie ich auf sie reagierte.

»Gefällt dir, was du siehst?«, fragte sie grinsend. Ich korrigierte: Sie hatte nüchtern Selbstzweifel. Das jetzt war eine ganz andere Annie.

»Du bist perfekt«, antwortete ich ihr und küsste sie wieder, um den Drang nach ihr zu lindern. Sie krallte sich in meinen Rücken und verdammt noch mal, sollte sie doch. Ihr Atem nach Whiskey, ihre Leidenschaft, dieser Körper ... es war Annie, meine Annie, die ich da küsste und die jetzt halbnackt in meinen Armen befand. Ich wollte sie und ich hielt es nicht mehr aus.

Hastig ging ich mir ihr zum Bett. Als ich sie darauf fallen ließ, kicherte sie wie ein kleines Mädchen. Es war atemberaubend, sie so zu hören.

»Runter mit der Hose, aber schnell«, warnte ich sie vor.

»Dito, Mister«, antwortete sie und versuchte wohl cool zu antworten, ihre Nervosität war dennoch herauszuhören.

Sie war vielleicht betrunken und hatte keine Hemmungen, aber ihre wirkliche Persönlichkeit konnte sie nicht verleugnen. Das war halt Annie. Ich zog an meinen Gürtel, während ich sie nicht aus den Augen ließ. Annie stellte sich aufs Bett, wobei sie leichte Gleichgewichtsstörungen hatte.

»Mir geht's gut«, betonte sie und zog sich ihre Hose aus. Schneller als ich in ihrem Zustand geglaubt hatte, dass sie es könnte. Sie hatte einen Slip aus Spitze an. Verflucht! Wie geil sah das denn aus?

»Jetzt du«, betonte sie und grinste die ganze Zeit. Ich ließ die Hose fallen.

»Und die da auch.«

Sie zeigte auf meine Boxershorts. Sie hatte es eilig, ich jedoch ging mit langsamen Schritten zum Bett. Annie streichelte mir daraufhin über die Brust. Die Gänsehaut zog sich praktisch sofort über meine Haut.

»Du trainierst?«

Sie musste nach oben schauen, um mich anzusehen.

»Ja.«

»Das hast du mir nie gesagt.« Hörte ich Wehmut in ihrer Stimme?

»Du hast mir auch so einiges nicht gesagt.«

Das hatte sie wirklich nicht und heute bekam ich dank ihres hohen Alkoholpegels einiges vor den Kopf geworfen, das so ganz sicher nicht von ihr geplant war. Sie zog Kreise über meine Haut, während sie damit weiter hinunter zu meinem Bauch wanderte. Ihr Finger blieb aber am Bund der Boxershorts hängen.

Doch da hatte sie mich schon längst und ich drängte mich in ihrem Mund und verflucht: Ich wollte sie jetzt. Meine Zunge glitt ihren Hals hinab. Annie roch so gut.

Ihr Stöhnen gab mir noch mehr Feuer. Während ich die eine Brust leckte, knetete ich die andere. Dann griff ich mir ihre Hüfte, die sie mir schon entgegen drückte und begann ihren Bauch mit Küssen zu übersäen. Ihre Haut war so verdammt weich.

»Logan ...«

Es war wirklich Annie, die meinen Namen voller Begierde rief.

»Logan, was?«

Doch bevor sie weiter fragen konnte, legte ich mich hin und war zwischen ihren Beinen vergraben. Meine Zunge bohrte sich in ihre Muschi, und Gott, ich glaubte, ich wollte noch nie zuvor eine Muschi lieber lecken als ihre. Wie oft hatte ich schon davon geträumt, wenn sie vor mir mit ihren verdammten Haaren gespielt hatte, und dachte, es wäre eine ganz normale Geste.

Oder sie sich rüberbeugte, wenn sie mir über den Tisch irgendeinen Mist wegen einer Hausaufgabe erklären wollte. Ihre Brüste sprangen mir immer fast ins Gesicht und was bemerkte sie? Nichts. Und jetzt leckte ich sie und sie gab sich mir hin. Ein Traum wurde wahr. Annie zog an meinen Haaren, während ich weiter und weiter an ihr saugte, leckte und sie einfach schmeckte.

»JAAAA!« Sie zuckte zusammen und kam für mich.

»Das war ... der Wahnsinn«, antwortete sie und holte mehrmals Luft.

»Wir sind noch nicht fertig.«

»Sind wir das nicht?« Ihre Stimme quiekte schon fast, so überrascht war sie, und ich lächelte kopfschüttelnd.

Ich zog aus meiner Hose, die neben dem Bett lag, ein Kondom hervor.

»Für alles gewappnet, was?« Annie lächelte aufrichtig, nahm es mir also nicht übel. Es war ja nicht geplant, dass ich mit ihr die Dinger benutzen würde. Auch wenn ich es mir tagtäglich vorgestellt hatte.

Ich zog meine Boxershorts herunter und musste das Teil nur noch drüber bekommen.

»Wooow. Du ... du bist schon bereit?«, fragte sie erstaunt, als sie meinen Ständer beobachtete.

Über ihre Frage musste ich grinsen. »Überrascht?« Ich küsste sie, und sie erwiderte den Kuss heftig.

Annie war alles anderes als fertig, das bemerkte ich sofort. Vor allem, als meine Finger an ihrer Muschi rieben. Sie war noch immer feucht. Bereit für mich.

»Nimm mich, Logan«, flüsterte sie mir ins Ohr und ich nahm es als Einladung gerne an. Ich stieß in sie und sie gab einen schmerzvollen Laut von sich. Verdammt noch mal, was war das für ein Gegendruck? Ich sah sie verwirrt an.

»Annie ... Jake hat doch ...« Ich wollte ihn eigentlich nicht erwähnen, aber, allein ihr Gesichtsausdruck gab mir die Antwort. »Ihr habt wirklich noch nie? Du hast noch nie ...«

»Logan bitte, mach es nicht zunichte. Ich will das hier.« Dann küsste sie mich wieder und meine Aufregung war dahin. Allein der Zustand, dass ich ihr Erster war, ließ ihn noch mehr wachsen, während ich in ihr war.

Dennoch wurde ich langsamer, wollte, dass sie sich daran gewöhnt, was sie auch tat, denn ihr Gesichtsausdruck wurde immer weicher und sie begann es zu genießen. Es war ein Wahnsinnsgefühl, in ihr zu sein.

Ich griff mir eine ihrer Brüste und leckte sie, drang immer tiefer in sie und wurde schneller, als ich sah, dass sie mitmachte. Ihre Hüften drückte sie mir immer weiter entgegen, während wir uns im gleichen Takt bewegten.

Ich konnte es nicht mehr lange zurückhalten. Es war Annie, verflucht noch mal. Sie lag hier mit mir, schlief mit mir und ich war ihr Erster. Das jetzt war ihr erstes Mal.

»Oh Gott.« Die Muskeln ihrer Muschi zog sich zusammen. Sie kam!

Großer Gott! Ich brachte sie dazu … während sie sich wieder in meinen Rücken krallte, stieß ich noch mal zu und spritzte in ihr ab.

Kapitel 25

Annie, heute

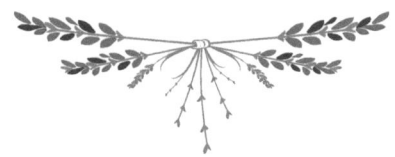

Ich konnte ihn unmöglich ansehen. Die Scham war zu groß. Wir hatten Sex. Logan und ich. Ich und Logan.

Aber vielleicht war es doch ein Missverständnis gewesen?

Ah ja, genau! Er hat aus Versehen mit dir geschlafen, oder was?

Warum sollte er mich bei so etwas anlügen? Ich wusste ja, dass ich viel getrunken hatte an dem Abend. Und dass es so viel war, dass ich nicht mal mehr wusste, was da passiert war.

Dass erklärte natürlich, wieso das erste Mal mit Jake nicht wirklich geschmerzt hatte. Logan stand mittlerweile an dem einzigen Fenster im Raum und starrte hinaus. Ich saß an meinem Schreibtisch und spielte mit meinem Kuli herum.

»Das war alles?«, fragte ich ihn in der Stille.

»Was soll denn noch gewesen sein?« Er klang leicht gereizt.

»Ich weiß es nicht. Du weißt immerhin, was passiert

169

ist.« Meine Stimme war brüchig. Mir war das alles unangenehm. Er hatte das jetzt fast sieben Jahre für sich behalten, obwohl das alles zwischen uns beiden änderte.

»Du bist morgens aufgewacht, und ich kam und brachte Frühstück. Das weißt du ja wohl noch.« Logan sah mich immer noch nicht an. Da war noch etwas, oder? Müsste ich nicht diejenige sein, die im Boden versank vor Scham?

»Wieso hast du mir all die Jahre nichts gesagt?« Ich musste es wissen.

»Was hätte das geändert?«, fragte er mich stattdessen und wirkte ziemlich nüchtern dabei.

Er sah mich an. Sein Blick war starr auf mich gerichtet, das schüchterte mich ein. Ich hatte ganz vergessen, wie er manchmal schauen konnte.

»Ich glaube alles«, feuerte ich wütend zurück und stand auf. »Ich habe mir noch Monate nach Jake den Kopf zermartert, wieso er mir untreu war, und was habe ich gemacht? Ich schlafe mit meinem besten Freund im Suff!«

»Oh ja, weil Jake es ja nicht verdient gehabt hätte, dass er mal beschissen wird. Komm mal wieder runter, Annie. Er war sicher vor dir schon so ein Wichser!«, feuerte er zurück.

Also hatte Logan seine Sprache doch wiedergefunden. Er kam ein paar Schritte auf mich zu.

»Hör auf, dir ständig den Kopf zu machen, was andere von dir denken könnten. Und suche nicht immer die Schuld bei dir.« Sprach er jetzt noch von Jake?

»Du weißt, wie ich bin«, fauchte ich und versuchte, mich zu verteidigen. Ja, ich war so, wie er sagte, aber war das so schlecht? Gut, nervig war es sicherlich manchmal. »Du hast mir immer noch nicht gesagt, wieso du das alles für dich behalten hast.«

»Genau deswegen.« Er zeigte auf sich und mich. »Du analysierst dir da irgendeine Scheiße zusammen. Das ist mein Problem! Scheiß auf Jake. Er hat nicht verdient, dass du dir da jetzt noch einen Kopf machst, und damals hat er dich sicherlich auch nicht verdient!« Der ruhige, sachliche Logan hatte den Platz wieder dem genervten, aufgeregten Logan überlassen.

»Hör auf zu schreien«, meckerte ich zurück.

»Kapierst du es denn anders? Wir reden und reden, jetzt weißt du die Wahrheit, und willst dich immer noch nicht damit zufriedengeben, dass solche Dinge halt passieren, wenn man zu viel trinkt. Nein, du willst Gründe.«

»Ist das so schlimm?« Ich wurde auch immer wütender.

»Ja, verfluchter Mist, weil ich die Schnauze voll habe, dir ständig sagen zu müssen, dass unsere Freundschaft genauso geheuchelt ist wie diese ganze beschissene Situation hier zwischen uns!«

»Was meinst du denn jetzt damit?« Ich wurde ruhiger.

»Wieso willst du es wissen?«, fragte er wütend.

»Was ...?«

»Wieso? Ich meine, du betonst die ganze Zeit, dass

wir nur Freunde sind, dann komm ich her, und du sagst genau das Gegenteil und willst die Geschichte wissen. Also, wieso?«

»Ich ... ich war neugierig.«

Logan schnaubte und schüttelte den Kopf. Er war frustriert. Ich wusste es, weil ich diese Reaktion kannte. Mein bester Freund wurde schnell wütend, wenn er nicht das bekam, was er wollte.

»Ich bin damit fertig«, beendete er plötzlich die Stille zwischen uns.

Mein Herz machte einen Aussetzer.

Er stützte seine Hände auf die Hüften, als bräuchte er einen Halt.

»Was soll das heißen?«, fragte ich ihn, obwohl ich bereits wusste, was er meinte.

»Ich habe da keinen Bock mehr drauf, Annie. Steve kann dich haben.« Und er verschwand.

Kapitel 26

Annie

Die Tage vergingen. Erst dachte ich wirklich stündlich an Logan. Meisten starrte ich auf mein Handy und wartete auf eine Nachricht, während ich nebenbei immer mehr für die Hochzeit vorbereiten musste.

Und je länger sich Logan nicht mehr meldete, umso besser kam ich damit zurecht. So redete ich mir das zumindest ein.

Steve konnte ich natürlich nichts davon erzählen, was sollte ich denn auch sagen? Es war ja auch irgendwie nicht viel passiert. Das alles war bereits über sieben Jahre her.

Die ganze nächste Woche verbrachte ich damit zu arbeiten oder Termine wahrzunehmen, die wichtig waren für die Hochzeit.

So auch heute die Anprobe des Hochzeitskleides. Jedenfalls würde ich heute endlich entscheiden, was ich für eines tragen sollte.

Gigi fragte mich noch, ob sie kommen sollte, weil sie immerhin meine Trauzeugin war. Ich bejahte es, ich war ihr irgendwie nicht mehr böse. Wieso auch, es war ja nichts passiert. *Vielleicht glaube ich das ja bald selbst.* Wir trafen uns vor dem Brautmodengeschäft.

»Sorry, ich war noch eingespannt in der Arbeit«, entschuldigte sich Gigi und holte mehrmals tief Luft. Gigi arbeitete seit geraumer Zeit in einer Boutique und schien zufrieden damit, Kundinnen über die neusten Modetrends beraten zu dürfen. Und sie bekam viel Rabatt, wenn sie dort selbst einkaufte. Ein perfekter Job für sie.

»Kein Problem. Kenn ich doch nicht anders«, antwortete ich ihr und zwinkerte ihr zu. Ja, sie war noch nie pünktlich gewesen. Deswegen kam ich auch etwas später. Logan war das auch selten …

Als wir in das Geschäft gingen, kam uns auch sofort die Geschäftsführerin des Ladens entgegen. Eine übertoupierte Brünette in ihren Fünfzigern.

»Ms. Woodcroft, wir freuen uns, dass Sie da sind.«

Ich bemerkte den Champagner und Kuchen auf dem Tisch. Sonderleistungen, vor allem wohl auch, weil meine Eltern zahlten.

Und da ich wusste, was sie zahlen können, war ich schon darauf vorbereitet. Überall, wo meine Eltern auftraten, wurden die Menschen zu überfreundlichen und überaus geldgierigen Personen. So versuchten sie, mich zu kaufen. Sie waren nie da, ihr Geld aber schon. Ein kleiner Trost, wenn man sich an eine lieblose Kindheit erinnerte.

»Danke, wir freuen uns auch. Das ist meine Freundin

und Trauzeugin Gigi. Sie wird mir heute helfen, etwas auszusuchen.«

»Ja, wunderbar. Dann kommen Sie schon mal mit. Ich habe einiges ausgesucht. Wir hatten Ihrer Mutter bereits gesagt, dass Sie Ihre Maße durchgibt, aber leider wusste sie nicht genau, welche Größe ...«

Ich nickte. »Ja, das habe ich mir gedacht. Sie können jetzt gerne Maß nehmen.«

»Natürlich.«

Sie verschwand kurz, als sie uns in ein Hinterzimmer brachte, das voll war mit Kleidern. Natürlich hatte meine Mutter keine Maße von mir. Wann hatten wir uns das letzte Mal gesehen? Weihnachten vor drei Jahren?

Der Raum war wie die Kleider in Weiß gehalten. Mitten im Raum stand ein Sofa, auf den Gigi seufzend Platz nahm. Der große Spiegel, rechts neben der Umkleide, war wuchtig.

»Ganz schön hochwertig. Aber wundert mich nicht«, lächelte Gigi und zog ihre Jacke aus.

Sie kannte meine Eltern, und da sie sich mit ihrer Mutter mehr als gut verstand, konnte sie das Verhalten meiner Mutter nie nachvollziehen. Ich hatte mehr mit Logans Mutter zu tun als mit meiner eigenen.

Logan ... was er wohl gerade machte?

»Huhu, Annie? Hast du mich nicht gehört?«

Gigi wedelte kurz mit der Hand vor meinem Gesicht herum und riss mich so aus meinen Gedanken.

»Wie bitte?«

175

»Ich fragte, ob dir schon irgendein Kleid gefällt?«

Ich sah zu der großen Auswahl herüber und beschloss, sie mir alle näher anzusehen. Während ich eins nach dem anderen betrachtete, verdrängte ich immer weiter Logan aus meinen Gedanken. Das durfte jetzt nicht sein. Er durfte nicht sein.

Viel Tüll, viel Schnick-Schnack, aber da ... ich nahm ein ganz bestimmtes Kleid vom Haken und sah es mir an.

»Wow«, sagte Gigi, die aufgestanden war. Sie fasste den Stoff an. »Es fühlt sich toll an, und sieht so ... du musst es anprobieren.«

»Meinst du?«

»Na klar. Ab in die Kabine«, ermutigte sie mich.

Ich lächelte zaghaft. Es sah wirklich toll aus. Das Kleid war nicht das typische Prinzessinnenkleid. Es war ein bodenlanges Chiffonkleid, dafür aber trägerlos, sodass es irgendwie locker wirkte. Genau das, was ich wollte. Nichts Unpassendes mit Strasssteinen oder Tüll. Ich ging in die Kabine und zog mich aus.

»Und wann ist der Termin mit der Bäckerei wegen der Hochzeitstorte?«, fragte mich Gigi durch die Vorhänge.

»Übermorgen«, antwortete ich ihr.

»Ich komm auf jeden Fall mit. Kostenlose Torten lass ich mir nicht entgehen.«

Ich lachte kurz auf. »Du weißt schon, dass du in das Kleid passen musst, das ich dir vorgebe?«

»Ja, und wehe du suchst das Falsche aus, mein Fräulein.«

Kurz dachte ich darüber nach, etwas wirklich Hässliches auszusuchen, aber nein, ich war eine gute Freundin.

Ich wollte das Kleid gerade über meine Hüften ziehen, als ich begriff …

»Es passt nicht«, jammerte ich in der Umkleidekabine herum.

»Wie?« Sie zog den Umhang vor und sah mich an. Ich hielt das Kleid hinten provisorisch mit den Händen zusammen, so groß war es.

»Ich dachte schon, du hättest zugenommen«, grinste sie.

Die Erleichterung war ihr praktisch ins Gesicht geschrieben.

»Entschuldige mal? Ich mag keine 36 haben, aber so fett bin ich nun auch nicht.«

»So war das auch keinesfalls gemeint. Komm raus, damit man dich mal ansehen kann.«

Gigi setzte sich wieder hin, und ich kam aus der Umkleide. Der Stoff des Kleides fühlte sich toll an, zwar hielt ich es immer noch hinten fest, aber es passte sonst wirklich sehr gut.

Ich erblickte mich im Spiegel und war wirklich geflasht. Das Kleid fiel wunderbar, und wenn ich mich leicht bewegte, sah es aus, als wäre es ein Glöckchen. Ein wunderbarer Gedanke. Und dennoch sah es nicht zu übertrieben aus. Eine Strandhochzeit wäre vermutlich optimal.

Ich öffnete meinen Zopf und die langen brünetten Locken fielen mir auf die Schulter.

»Perfekt«, klatschte Gigi vor Freude in die Hände.

»Sie haben eines anprobiert«, schrie die Verkäuferin schon fast und hatte Maßband und Papier in der Hand.

»Ja, ich fand es so schön«, erklärte ich ihr, und sie trat neben mich. Jetzt schauten wir beide in den Spiegel.

»Ja, es sieht wirklich wunderschön an Ihnen aus. Nur hinten passt es wohl noch nicht so.« Sie zog am Verschluss. »Aber das haben wir gleich. Größe 38 ist also zu groß ... dann sind wir bei einer 36«, erklärte sie beiläufig und steckte den Verschluss zusammen. Hatte ich mich verhört?

»Eine 36? Ich passe doch nicht in eine 36!«

»Doch, doch, vielleicht haben Sie ja etwas abgenommen. Das passiert öfter mal, wenn man Hochzeitsstress hat. Termine über Termine. Nur nachdem das Kleid angepasst wurde, sollten Sie darauf achten, nicht noch mehr an Gewicht zu verlieren!« Sie zwinkerte mir überfreundlich zu und kümmerte sich dann wieder ums Kleid.

Ich hatte tatsächlich nicht so viel gegessen, aber das lag weniger am Hochzeitsstress ... ich hatte einfach keinen Appetit. Auch die Röcke oder Hosen saßen lockerer, aber dass ich so viel an Gewicht verloren hatte?

»So, fertig.«

Die Geschäftsführerin trat ein paar Schritte zurück und überließ mir dann noch mal den Spiegel. Ich strich mit einer Hand ehrfürchtig über den Stoff. Er fühlte sich so sanft an.

Das Kleid war einfach wunderschön.

Ich wollte nicht länger nach einem anderen Kleid schauen. Das würde ich also tragen, wenn ich ...

Plötzlich traf ich auf mir sehr bekannte Augen im Spiegel.

Logan. Er stand ein paar Meter hinter mir und sah mich an. Ich drehte mich zu ihm um und konnte seine Miene nicht deuten. Völlig ausdruckslos begegnete er meinen Blick, bis seine Mutter hereinkam.

»Rosa«, schrie Gigi auf und umarmte sie stürmisch. Obwohl Gigi so laut war, brachte das Logan nicht dazu, sich umzusehen, er sah immer noch zu mir, und mir erging es nicht anders. Er war vermutlich gerade von der Arbeit gekommen, das erklärte den Anzug und den langen Mantel.

»Oh mein Gott, bist du das Annie?«, fragte Rosa, und sah mich von oben bis unten an. Peinlich. »Das ist doch bezaubernd das Kleid. Findest du nicht auch, Logan?«

Rosa sah zu ihrem Sohn, der in die Hand hustete.

»Ja, sieht gut aus.«

War das jetzt ernst gemeint? Sie nahm mich fest in den Arm. Ihre Augen waren eine Kopie ihres Sohnes. *Das ist das erste Mal, dass es mich regelrecht verstört.*

Rosa war immer schon so herzlich und liebevoll gewesen. Ganz anders als meine Mutter und auch das pure Gegenteil von Logans Vater.

»Ich bin absichtlich zwei Wochen eher gekommen. Ich dachte mir schon, dass du vielleicht Unterstützung bräuchtest«, erklärte Rose mir ohne Umschweife.

Sie wusste, dass die Hochzeit ihrer einzigen Tochter nicht mal Grund genug war, dass meine Mutter hier auftauchen würde.

»Danke, Rosa. Das bedeutet mir sehr viel.«

»Du weißt doch, dass du wie eine Tochter für mich bist. Gott sei Dank hat sich Logan bereit erklärt, mich zu fahren, sonst wäre ich mit der U-Bahn wohl noch immer unterwegs.«

Rosa sah ihren Sohn dankend an, der aber nur ein kurzes Lächeln erübrigen konnte.

Gigi schien meinen Blick zu suchen. Sie war also die Informationsquelle und hatte mit Sicherheit auch Logan Bescheid gegeben, wo und wann die Anprobe stattfand.

Sie sah schuldbewusst aus. Logan war verdammt ruhig, aber er war es ja gewesen, der schlussendlich wollte, dass Steve mich bekam. Was immer das auch zu bedeuten hatte.

Die Stimmung zwischen ihm und mir war eisig. Obwohl es fast schon Sommer war in New York, fühlte es sich hier drinnen nicht so an.

Rosa unterhielt sich angeregt mit Gigi in der anderen Ecke über die Kleider, während Logan und ich einfach nur dastanden.

»Wie geht es Steve?«, fragte er mich plötzlich.

War das sein Ernst? Der erste Satz von ihm war eine Frage nach Steves Befinden?

»Gut.«

Kurz und knapp, was sollte ich auch sagen?

Er räusperte sich. »Ich habe ihm geschrieben, dass ich keine Zeit habe, seinen Junggesellenabschied zu planen«, erklärte er mir und wir beide starrten geradeaus. Bloß nicht ansehen, war die Devise.

»Wieso? Immerhin hast du ganz klar gesagt, dass Steve mich haben kann. Also gibt es doch kein Problem mehr«, fauchte ich wütend.

Bevor ich überhaupt über meinen kleinen Gefühlsausbruch nachdenken konnte, zog er mich mit sich. Ich sah zu Rosa und Gigi rüber, aber beide waren so vertieft in ihr Gespräch, dass sie nichts davon mitbekamen.

Jetzt waren wir im Lagerraum des Geschäftes. Überall standen Kartons und Ständer mit Kleidern herum und es roch ziemlich muffig. Wir waren völlig allein.

»Was soll das?« Ich riss mich von ihm los, und jetzt sahen wir uns wieder an. Er war wütend.

»Was sollte der Spruch? Musst du mir in dem Fummel noch unter die Nase reiben, dass du ihn gewählt hast?«

Jetzt war ich wirklich verwirrt.

»Ich habe was? Du hast doch gesagt ...«

Logan fuhr sich durch die Haare.

»Ich weiß, was ich gesagt habe, Herrgott noch mal! Aber hast du dich danach bei mir gemeldet? Für mich war das eine klare Antwort, dass du Steve heiraten wirst.«

Jetzt bekam ich gar nichts mehr mit. Wollte er mir jetzt die Schuld geben?

»Du warst es, der mir klar gemacht hat, dass ich mich entscheiden soll!«, erklärte ich ihm genervt.

»Und das kannst du nicht verstehen? Du machst das vielleicht nicht absichtlich, aber da du nicht weißt, was du tun sollst, hältst du nicht nur mich hin, sondern auch Steve.«

»Ich halte niemanden hin«, konterte ich und zeigte ihm noch mal meinen Verlobungsring. Ich war im Begriff Steve zu heiraten. Wäre ich sonst hier? Aber Logan sah den Ring nicht mal an.

»Zieh diese ganze Show ab, wenn du dich damit sicher fühlst. Aber mich kannst du nicht überzeugen.« Er kam mir mit ein paar Schritten näher. Sofort erstarrte ich. Ich konnte sein Aftershave riechen. Sein Blick bohrte sich praktisch in meine Augen.

»Ich war vielleicht wütend, als wir uns das letzte Mal gesehen hatten, das heißt aber nicht, dass sich was geändert hat. Steve ist der Falsche für dich. Und eigentlich weißt du das auch. Mir ist wirklich schleierhaft, warum du dir das noch nicht eingestehen konntest.« Ich musste schlucken. Seine Nähe brachte mich völlig durcheinander.

Er bemerkte meine Reaktion, daraufhin grinste er und drehte sich weg von mir.

»Du erzählst völligen Quatsch«, stellte ich klar, aber ich war so leise, dass ich nur unsicher klang.

Warum klang ich so? Ich müsste mir doch absolut sicher sein!

»Ich kenne dich lang genug, um zu sehen, dass du

dir was vormachst. Du bist weder ehrlich zu mir, noch zu dir selbst. Auf Steve reagierst du nicht so, wie du auf mich reagierst. Das sollte dir zu denken geben«, sagte er, als wäre es eine Tatsache.

Ich schnaubte.

Jetzt kam der Größenwahn also wieder! Ich dachte, das hätten wir bereits während unserer Collegezeit klargestellt. Doch bevor ich weiter darüber nachdenken konnte, riss er mich an sich, sodass wir praktisch Nase an Nase aneinanderhingen. Meine Atmung setzte aus. Automatisch fixierte ich seine Lippen.

»Das hier.« Sein Griff um meine Oberarme wurde fester. »Das ist etwas anderes ... etwas ... das nur wenige Menschen überhaupt haben«, flüsterte er und so klang es noch erotischer.

»Bitte, Logan, nicht ...«

Logan schüttelte den Kopf. »Ich werde dich so lange nicht küssen, bis du mich bittest, es zu tun. Und das wirst du.«

Ich schubste ihn von mir. Was glaubte er eigentlich, wer er war?

»Du magst deine Anziehung haben, aber du wirst mich nicht dazu bringen, Steve zu verlassen!«

Die Überraschung über meine heftige Reaktion war ihm anzusehen. Aber er fing sich recht schnell wieder.

»Gut, dann heiratest du ihn, und was dann?«, fuhr er mich an.

Worauf wollte er jetzt hinaus?

»Er kennt dich nicht so, wie ich dich kenne.«

»Er wird mir niemals wehtun«, sprudelte es aus mir heraus. Logan hatte diese Antwort nicht kommen sehen. »Er ist ehrlich und er ist treu. Diese Hochzeit ist für immer. Er wird nicht irgendwann aufwachen und denken, er müsse eine andere haben. Er ist nicht ...«

»Wie ich?«, fragte er leise nach.

Es klang gemein, aber ja, das meinte ich damit. Steve war kein Casanova. Bei ihm fühlte ich mich wie angekommen. Meine stumme Antwort ließ ihn den Kopf schütteln.

»Du siehst immer noch den dämlichen Jungen in mir, der ich auf dem College war«, sprach er schon mit einer Portion Verbitterung in der Stimme.

Ich verschränkte die Arme schützend vor der Brust. Ich hatte noch immer dieses Hochzeitskleid an. Wie bescheuert musste das jetzt gerade aussehen.

»Du weißt, dass ich das nicht mehr bin, Annie. Und du weißt auch, dass das damals alles nur eine Show war.« Seine Stimme klang jetzt viel ruhiger.

»Hattest du jemals eine ernste Beziehung? Weißt du, was es bedeutet, eine zu haben?« Logan hatte nie jemanden gehabt, nie eine Frau eine zweite Nacht bei sich gehabt. Er hatte sich all die Jahre nicht geändert. »Und jetzt denkst du, du könntest mit mir diese Beziehung führen? Du weißt nicht, was es heißt, jemanden zu lieben!«

Oho. Ich hatte das Wort Liebe benutzt, ohne dass es zwischen uns je wirklich gefallen war. War ich denn total bescheuert?

Ich musste zurückrudern. Sofort. »Akzeptier es einfach, Logan. Mehr als Freundschaft gibt es zwischen uns nicht.«

»Wenn du das wirklich meinst, dann hast du weniger Ahnung von Liebe als ich!«, konterte er wütend.

Hatte er wirklich über Liebe gesprochen?

»Lass es bitte sein, Logan. Du weißt nicht mehr, was du redest.« Er sollte einfach aufhören, es ging wirklich zu weit. Er sollte nicht mit Gefühlen spielen. Das machte man nicht, selbst Logan sollte das wissen.

»Du hast wirklich keine Ahnung, was ich für dich fühle«, seufzte er und sah mich frustriert an.

»Ich heirate, und du denkst, ich würde die Freundschaft zu dir damit gefährden«, war meine plausible Antwort darauf.

»Du suchst wohl ständig Gründe, um gegen mich zu sprechen, oder? Frag dich mal, wieso du so gegen mich ankämpfst. Du hast Angst, dass dir deine Gefühle für mich das Genick brechen. Wir sind uns ähnlicher in der Sache, als du denkst. Die ganzen Jahre hab ich mir den Scheiß selbst immer eingeredet. Aber weißt du was? Lieber bekämpfe ich meine Ängste, spring über meinen verdammten Schatten, als dass ich dich ein Leben lang in den Armen des falschen Kerls sehe.«

Sein intensiver Blick lag auf mir.

Die ganze Zeit sprach Logan davon, dass Steve nicht der Richtige war, dass es stattdessen eine Anziehung zwischen ihm und mir gab. Ja, das stimmte, aber jetzt sprach er sogar von Gefühlen. Gefühlen!

»Was ... meinst du Logan?« Ich hätte ihn nicht weiter fragen sollen. Die beste Lösung wäre gewesen, dass ich zu Rosa und Gigi ging, dieses Kleid kaufte und so tun würde, als wäre nichts und ich mich auf meine verfluchte Hochzeit freute. Aber ich wollte es wissen.

Also sollte Logan mir auch sagen, was das alles sollte, was er genau meinte.

»Das, was es heißt, Annie«, antwortete er mir leise.

Mein Herz schlug schneller.

»Ich hatte mir wirklich geschworen, dass es anders sein würde. Dass du nicht in deinem Hochzeitskleid vor mir stehen würdest, wenn ich das jetzt sage.« Er lächelte leicht, wirkte aber auch nervös.

Seine Stimme klang zittrig. Logan nahm meine Hände in seine. Wärme ... ich spürte nichts als Wärme, die meinen ganzen Körper durchströmte. Was war das immer nur für ein Gefühl?

Er biss sich kurz auf die Lippen. Es sah so süß aus, wie er da nun stand. So gar nicht von sich eingenommen, schon fast schüchtern wie ein Teenager.

»Ich bin da nicht gut drin. Ich habe so was noch nie gemacht und weiß einfach nicht, wie ich es am besten sagen soll, aber ...«, er machte eine Pause, als er wieder meinen Blick suchte. Seine Atmung ging schneller. »Annie ...«

»Ach, hier bist du!« Steve kam ins Lager und sah uns beide skeptisch an.

»Was macht ihr hier hinten?«

Logan ließ meine Hände los, und diesmal war ich

mehr als frustriert darüber, dass mein eigener Verlobter das jetzt alles zunichte machte. Okay, ich musste mit Steve reden. Allein mein letzter Gedanke bestätigte mir, dass ich es tun musste.

»Du siehst wunderschön aus. Oh, ich sollte nicht hinschauen.« Steve hielt sich die Augen zu.

»Nein, nein. Ich muss eh mit dir reden, Steve.« Ich blickte kurz zu Logan, der mir nur zunickte. Er verstand es und ließ uns gewähren.

Steve sah Logan nach, während ich versuchte, herauszufinden, was ich genau sagen sollte.

»Jetzt? Hier?«, fragte Steve nachdenklich nach.

Ich nickte. Es würde nie den richtigen Zeitpunkt geben, aber ich musste ihm die Wahrheit sagen.

Das alles verwirrte mich. Wenn Steve der Einzige für mich wäre, wieso war ich so scharf darauf zu wissen, was Logan für mich fühlte?

Warum reagierte mein Körper ständig auf Logan, wenn er nur auf Steve so reagieren sollte?

»Das Kleid steht dir wirklich sehr gut, mein Schatz« murmelte er und griff nach meiner Hand, um mich genauestens zu begutachten.

»Steve, ich … ich weiß nicht, wo ich anfangen soll.« Ich stand hier im Hochzeitskleid vor ihm, verflucht noch mal, und wusste nicht mal, was ich genau sagen wollte. Seine Hand in meiner fühlte sich merkwürdig an. Kühl. Anders. Nicht richtig.

»Ist es, weil ich kaum Zeit hatte? Du weißt …«

»Nein, darum geht es nicht.«

»Geht es um Logan?«, fragte er weiter.

Volltreffer. Und er sah es mir auch sofort an.

»Steve, ich weiß nicht, was da ist ...«

»Was meinst du?«, fragte er weiter nach.

Ich zitterte leicht. Steve musste es durch meine Hand wahrnehmen.

Und dennoch schien er darauf zu warten, was ich zu sagen hatte.

»Logan und ich ...«

Was sollte ich ihm, wie sagen? Es war alles so schwer in Worte zu fassen, und doch hatte ich das Gefühl, ihm schuldig zu sein, was da mit Logan war, oder eben nicht.

»Moment mal ...« Er lächelte überschwänglich. »Hat Logan es also doch geschafft? Sei bitte nicht sauer, aber ich war so unsicher, was die Hochzeit betraf, dass ich Logan um einen kleinen Gefallen gebeten habe.«

»Gefallen?« Jetzt wollte ich mehr wissen.

»Ich bat ihn, dass er mal testet, wie empfänglich du bist, für ... ich sag mal, Annäherungsversuche.« Mein Herz schlug wieder schneller, aber keinesfalls vor Freude.

»Wie bitte?«

Steve sah mich seufzend an. »Es tut mir so leid, Annie. Ich wollte einfach, dass er testet, ob du dir sicher bist. Ich wartete darauf, ob du das Gespräch mit mir suchst, damit ich weiß, dass du mir genug vertraust, um mir zu sagen, dass er dich anmacht. Das alles wollte ich eigentlich vor ein paar Tagen beenden, als ich ihn in seinem Büro besucht hatte, aber er sagte, er hat dich schon so weit gebracht, dass es sich lohnen würde ... und .. na ja, ich vertraute ihm halt. Er wüsste ja sicher durch seine ganzen Frauengeschichten, wie das am besten zu handhaben sei.«

Ich stand hier wie betäubt. Steve hielt weiter meine Hand, aber ich fühlte es nicht mal.

»Also ... ihr habt daraus eine Art Spiel gemacht?«, fragte ich erschrocken. Mir wurde speiübel. Es drehte sich alles. Das konnte doch nur ein Witz sein.

»Nein. Nein. Kein Spiel. Ich machte mir einfach Sorgen, dass du es dir anders überlegen könntest. Da sollte Logan nur mal schauen, wie weit du gehen würdest. Ob du flirtest, oder es mir halt erzählst, dass er da etwas weiter geht. Damit du am Ende merkst, dass ich der Richtige für dich bin!«

Steve wollte mich an der Wange berühren, aber wie ferngesteuert entfernte ich mich ein paar Schritte von ihm.

»Nicht!«

»Aber Annie ...« Verständnislos schaute mich Steve an.

Das musste doch ein Irrtum sein! Logan ging mit Steve einen Deal ein, um ihm zu beweisen, wie treu ich wirklich war? Mein bester Freund ging ein Spiel mit meinem Verlobten ein? Um herauszufinden, wie ich auf Annäherungsversuche reagierte, die von Logan kamen?

Diese ganzen letzten Wochen waren also was? Ein Spiel? Eine Lüge? Und Steve wusste die ganze Zeit Bescheid!

Die ganze Zeit über keimten Zweifel auf, Steve zu heiraten, weil Logan mir ständig durch den Kopf ging. Und jetzt sollte das alles bloß Teil eines Deals zwischen den beiden gewesen sein?

Nicht zu vergessen, Logans Geschichte über unsere gemeinsame Nacht. Was war das alles?

Ich sah Steve an, der mich mit ernstem Gesichtsausdruck musterte. Er sah völlig ehrlich aus. Er sprach die Wahrheit, oder?

Warum auch nicht? Woher sollte er wissen, was zwischen Logan und mir lief, außer Logan hatte es ihm selbst gesagt, weil er es nie ernst genommen hatte.

Und so abwegig war das alles nicht. Logan war damals schon unberechenbar.

Gefühle waren nichts für ihn. Sie bedeuteten ihm nie etwas. Er hatte kein Interesse an einer einzigen Frau. Diese Zweifel hatte ich ja die ganze Zeit über verspürt.

Und jetzt bekam ich praktisch die Bestätigung. War also alles wirklich gespielt? Diese ganzen Dinge, die er mir über uns erzählt hatte. Alles war gelogen. Seine Gefühle waren nicht echt.

»Annie? Bitte sei nicht wütend auf mich. Ich war so unsicher.« Steve klang nervös. Er wusste wohl auch nicht, wie ich jetzt auf diese Offenbarung reagieren würde. Und das zurecht. Das war doch alles krank.

»Ich ...«

Ich wollte etwas sagen, aber was genau denn?

Vor fünf Minuten wollte ich ihm noch erzählen, dass zwischen Logan und mir in den letzten Wochen irgendwas gewachsen war, was ich selbst nicht verstand.

Und ich keine Ehe eingehen könnte, ohne mir über meine Gefühle zu Logan klar zu sein. Aber jetzt, war das alles unwichtig geworden. Ich hatte mich vor Logan zum Affen gemacht, verflucht noch mal.

Jetzt gehörte ich auch zu einer von denen, die auf dem College einem Logan hinterherrannten, der unerreichbar für sie war. Er fühlte nicht das, was ich mittlerweile für ihn fühlte.

Das Schlimmste war, Logan hatte das alles nur gespielt, um Steve zu helfen. War er wirklich so gerissen? Bedeutete ich ihm nicht mal etwas als beste Freundin?

Ohne groß weiter darüber nachzudenken, ging ich wieder ins Ankleidezimmer. Aber anstatt Logan vorzufinden, standen nur Rosa und Gigi im Raum und hielten mehrere Kleider in den Händen.

»Wo ist Logan?«, war meine einzige Frage.

Beide sahen mich fragend an. Immerhin war ich lauter als zuvor und mein Puls war auf 180.

Aber egal wie oft ich mir die Frage stellte, wie dumm ich gewesen sein musste ... ich musste es aus Logans Mund hören. Steve konnte mir hier alles erzählen, aber ich musste es direkt von ihm hören.

»Er wurde angerufen und musste los. Ein Geschäftstermin«, erklärte Rosa mir. »Was ist denn los?«

Eine Antwort war ich beiden vielleicht schuldig, aber ich konnte gerade nicht reden. Ich lief Richtung Ausgang.

»Annie, jetzt warte doch!«

Steve rauschte in den Raum und sah mich an. Ich wollte aus seinem Gesicht die Lüge, die er mir erzählt hatte, lesen. Konnte es aber nicht. War er so ein guter Schauspieler, oder war es doch wahr? Hatte Logan mit mir die ganze Zeit gespielt? Ich fasste mir an den Kopf. Ich bekam langsam Kopfschmerzen.

»Annie, Liebes. Ist alles okay?« Rosa stützte mich leicht. Ich nickte zaghaft. »Setz dich.« Sie führte mich zum Sofa und zu Steve, der mich intensiv musterte.

Irgendwann zog ich mich um, verabschiedete mich von Rosa und Gigi und fuhr nach Hause. Steve verschwand, während ich in der Umkleidekabine war.

Wir sprachen kein Wort mehr miteinander. Ich wusste nicht, warum er ging. Weil er log oder weil er bemerkt hatte, wie sehr mich seine »Offenbarung« mitgenommen hatte. Ich hatte tatsächlich eine Panikattacke, musste mehrere Minuten darauf achten, nicht zu hyperventilieren. Übte das Ein- und Ausatmen und konnte Rosa davon überzeugen, dass einzig der Stress Schuld an meiner Verfassung war.

Gigi aber musterte mich die ganze Zeit skeptisch. Sie würde mich darauf noch ansprechen, das war mir bewusst. Aber jetzt wollte ich einfach allein sein.

Kapitel 21

Annie

Von meinem Fenster aus starrte ich die ganze Zeit hinaus: Sah ein Taxi nach dem anderen vorbeifahren, Leute, die mit ihren Hunden spazieren gingen, und meine nervige Nachbarin, die wieder neugierig in unseren Gemeinschaftsmüll gaffte und kontrollierte, dass auch jeder schön den Müll getrennt hatte. Heute interessierte mich das aber einen Scheiß. Heute hatte sich ziemlich viel verändert. Zu viel, wie ich fand.

Nicht nur, dass Logan mir etwas Wichtiges sagen wollte, etwas, dass diese ganze Situation womöglich gravierend verändert hätte. Nein, zusätzlich gestand Steve mir, aus Unsicherheit mit Logan gemeinsame Sache gemacht zu haben.

Dass alles, was passiert war, eine Lüge gewesen war. Dass er mir alles nur vorgespielt hatte.

Seufzend versuchte ich diesen Gedanken weiter zu analysieren. Konnte Logan das wirklich? Und spielte das überhaupt eine Rolle?

Ich war im Begriff, Steve zu heiraten. Die Einladungen

waren verschickt, das Kleid so gut wie gekauft. Ich starrte auf meinen Ring.

Wem konnte ich hier überhaupt noch vertrauen? Wenn das alles wahr war, dann war Steve unsicher, was mich betraf. Er glaubte, ich könnte einen Rückzieher machen. *Gott, ich drehe noch durch! Das muss endlich alles ein Ende finden.*

Mein Handy lag auf dem Küchentisch, also holte ich es mir und rief Logan an. Mailbox. Na, wunderbar. Dann wählte ich die Nummer seines Büros.

»Smith, Keegan und Partner. Sie sprechen mit Miss Baker. Was kann ich für Sie tun?«

»Julie, ich bin´s Annie.«

»Annie, hi. Lange nichts mehr von dir gehört. Wie geht es dir?«

»Gut, gut. Sag mal, kann ich vielleicht mit Logan sprechen?«

»Weißt du es etwa noch nicht? Logan hat sich selbständig gemacht.«

»Was?«, fragte ich schockiert nach. Der Hörer fiel mir fast aus der Hand. Wann war das denn passiert?

»Er hat vor einigen Wochen seine Sachen gepackt und ist gegangen. Das gab mit dem Senior einen Heidenärger, sag ich dir.«

Das konnte ich mir gut vorstellen, denn sein Dad wollte schon immer, dass er irgendwann die Kanzlei übernahm. Warum hatte er mir das nicht gesagt?

»Weißt du, wo sich sein Büro befindet?«

»Klar, ich sollte ihm noch einige Dinge zusenden.

Hast du Zettel und Stift? Wobei es mich wirklich wundert, dass er seiner besten Freundin nichts davon erzählt hat.«

Ich mich auch. Das kannst du ruhig glauben.

Noch mehr Fragen in meinem Kopf, die eigentlich keinen Platz mehr darin hatten. Und darauf konnte mir nur Logan eine Antwort geben.

Als ich zwanzig Minuten später mit dem Taxi vor dem Gebäude stand, staunte ich nicht schlecht. Er hatte es wirklich geschafft, in Manhattan eine eigene Kanzlei aus dem Boden zu stampfen.

Das Haus stand mitten in der City und besaß etliche Etagen. Das Schild am Eingang zeigte mir, dass sich seine Kanzlei in der sechsten Etage befand.

Als sich die Türen zur Etage öffneten, umklammerte meine Hand die Riemen meiner Tasche immer fester. Ich war verdammt nervös. Und auch irgendwie wütend, dass Logan mir hiervon nichts erzählt hatte.

Ich stand direkt vor dem Empfang und war ziemlich beeindruckt. Diese Kanzlei musste sich nicht verstecken.

»Kann ich Ihnen helfen?« Eine attraktive Brünette sah vom Empfang zu mir hoch.

»Ich ... äh, suche Logan ... Mr. Smith.«

»Haben Sie einen Termin?«, fragte sie mich leicht genervt. Okay, woher hatte Logan bitte dieses unfreundliche Ding?

»Ich bin seine Freundin ... eine Freundin.« Gott, warum war es plötzlich so schwer zu erklären, was ich für Logan war.

»Und Ihr Name ist?«

»Annabelle Woodcraft, Annie.« Sie sah mich mit hochgezogenen Brauen an. Klar, dass sie mich für verrückt hielt. Sie kannte mich nicht und ich stotterte hier so unsicher meinen Namen.

»Tut mir leid, aber Mr. Smith ist bei einem Geschäftstermin.« Frustrierend. Das alles war doch einfach nur noch beschissen. Eine skurrile Reality-Show. Wann bekam ich endlich meine Antworten?

»Wann kommt er wieder?«

»Das weiß ich nicht.«

Logan hatte sein Handy aus, war irgendwo in Manhattan unterwegs und ich konnte nicht mit ihm sprechen. Verflucht noch mal. Ich nickte der überaus unfreundlichen Empfangsdame zu und drückte den Fahrstuhlknopf.

»Soll ich ihm etwas ausrichten?«, rief sie mir nach. Ich überlegte wirklich, aber was sollte sie schon sagen?

Ich schüttelte den Kopf.

»Nein, danke.«

Als ich auf die Straße trat, stand Steve tatsächlich angelehnt an einer Parkuhr. Er war mir gefolgt? War das sein Ernst?

»Steve?«

»Nach all dem gehst du noch zu ihm?« Seine Stimme klang wütend.

»Entschuldige mal. Du hast mir gesagt, dass mein bester Freund mit dir gemeinsame Sache gemacht hat.«

»Und da rennst du direkt zu ihm?« Er verstand es nicht.

»Weil ich wissen will, ob es stimmt.«

»Denkst du, ich belüge dich? Ich dachte, wir wollen heiraten. Solltest du mir da nicht vertrauen?«

Das müsste ich. Das war mir klar.

»Du vertraust mir doch auch nicht. Wieso solltest du sonst Logan auf mich ansetzen, damit er mir etwas vorspielt?«

»Ich wollte sehen, ob du es mir sagst.«

Einige Leute drehten sich zu uns um, weil wir mitten auf der Straße miteinander stritten. So hatte ich Steve auch noch nie erlebt. Er war stets der ruhige Part von uns. Immer besonnen klärte er alles sachlich und im ruhigen Ton. Hatte ich ihn so verändert? Sorgte ich dafür, dass er seine Geduld verlor?

»Wieso bist du hier, wenn du auch mit mir hättest reden können?«, fragte er stattdessen.

Da waren wir also. Die entscheidende Frage, warum Logan und nicht er, ließ mich regelrecht zusammen-zucken. Steve hatte natürlich recht. Aber wieso wollte ich zuerst mit Logan sprechen, wenn ich mit meinem Verlobten einiges zu klären hatte?

Immerhin wollte ich ihm vorhin noch sagen, dass da was zwischen Logan und mir war. Auch wenn es vermutlich nur ein Spiel für ihn gewesen war. Von meiner Seite war alles wirklich echt gewesen. Ich musste es einfach wissen.

»Ich muss es wissen, Steve.«

»Was?«

»Ob alles gelogen war.« Ich sagte es so leise wie möglich, weil ich wusste, wie es für ihn rüberkam.

»Was soll das heißen, Annie?« Er sah mich erschrocken an, war aber unfähig weiterzureden. Irgendetwas sagte mir, dass ich nichts mehr antworten musste.

Er fuhr sich durch die Haare. »Hast du dich in ihn verliebt?«

Ich zögerte. Er stellte mir die Frage, die vermutlich längst gestellt werden musste, auch wenn es vielleicht nicht von Logan erwidert werden würde, ich wusste es schon länger. Irgendwann nickte ich.

»Ich dachte, da wäre nichts?«, brüllte er wütend. Ich zuckte leicht zusammen. So langsam machte er mir eine Heidenangst.

»Es tut mir leid.« Was sollte ich auch großartig dazu sagen? Steve machte mir Angst. »Können wir das nicht woanders bereden?« Es standen immer mehr Menschen um uns herum.

»Wir klären das jetzt und hier! Mir war von Anfang an klar, dass ihr zwei nicht nur Freunde seid. Aber ich hab mich von euch bequatschen lassen, dass da angeblich nie etwas war. Und ich Idiot hab euch geglaubt.«

»So war es auch. Zumindest dachten wir das.«

»Ja, und jetzt denkst du wirklich, Logan meint es ernst mit dir? Er ist doch gar nicht fähig, eine Beziehung zu führen. Annie. Bitte.«

Er nahm meine Hand und drückte sie sanft. Seine ganze Haltung wurde wieder ruhiger.

»Das zwischen uns kann doch nicht einfach weg sein. Wir wollen in zwei Wochen heiraten, hast du das schon vergessen?«

Nein, hatte ich nicht. Es drehte sich ja nur noch alles darum und deswegen musste ich eine Lösung finden.

»Hast du dich nie gefragt, ob das wirklich der richtige Weg ist?«

Steve sah mich fragend an. »Dass wir heiraten? Hat er dir das eingeredet?«

»Was? Nein!«

»Ach hör doch auf. Ich sage dir, er hat dir diese ganze Scheiße nur vorgespielt, und dennoch rennst du zu ihm in die Kanzlei und willst mit ihm reden! *Ich* bin dein zukünftiger Ehemann, verflucht noch mal.« Er griff sich so fest mein Handgelenk, dass es schon weh tat.

»Steve, du tust mir weh. Lass mich los.« Ich versuchte mich loszureißen, er war aber einfach stärker als ich.

»Hey, lassen Sie die Frau los«, rief eine ältere Dame einige Meter von uns entfernt. Steve schien über seine eigene Reaktion so erschrocken zu sein, dass er mich schnell losließ, sodass ich zu Boden fiel.

»Annie!« Steve sah mich geschockt an. Wie konnte es nur so weit kommen? Bevor ich etwas sagen konnte, lief er davon.

»Ist alles in Ordnung?« Einige Passanten halfen mir hoch. »Sie bluten.« Ich sah auf meine Hand. Direkt am Handgelenk war eine größere Schramme zu sehen, musste wohl vom Aufprall gekommen sein.

»Ist nicht schlimm. Danke.«

Kurze Zeit später lief ich nach Hause. Einige Blocks lagen noch vor mir, aber ich musste einen freien Kopf bekommen. Irgendwie hatte ich das alles ja selbst provoziert. Statt mit Steve zu reden, schob ich es immer wieder vor mir her und redete mir ein, dass ich nichts für Logan empfand.

Aber jetzt, diese Sache mit Steve ... Ich konnte ihn unmöglich heiraten. Er war immer der ruhige Typ gewesen und ich hatte ihn zu Taten provoziert, die gar nicht zu ihm passten. Auch wenn Logan mir das alles nur vorgespielt hatte, die Hochzeit konnte nicht stattfinden. Hatte ich Steve überhaupt geliebt? Oder nur die Vorstellung, geliebt zu werden?

Eine Stunde später und mit Sicherheit einigen Blasen an den Füßen kam ich endlich zu Hause an. Das Haus konnte ich schon sehen, aber auch Logan, der gerade aus dem Taxi gestiegen war. Verflucht. Das fehlte mir jetzt auch noch. Ich wollte ja mit ihm sprechen, aber jetzt, nach der Sache mit Steve ...

So schnell es ging, drehte ich mich wieder um, um von Logan nicht gesehen zu werden.

»Annie?« *Mist. Also doch wieder umdrehen.*

»Hey«, spielte ich die Unwissende.

»Wolltest du vor mir abhauen?« Er stand vor der Treppe zu meiner Haustür.

»Sorry, ähm ... es war ein langer Tag.«

»Du hast mich angerufen.« Logan sah mich wieder mit diesem Blick an. Mann, wieso sah er auch immer so gut dabei aus?

»Ja, ich wollte eigentlich mit dir reden. Ach, es ist kompliziert.«

»Das ist es. Kann ich mit reinkommen?«

Die Frage war einfach zu beantworten, aber wollte ich das? Es war das erste Mal, dass ich ihm begegnete und diese Frage im Raum stand, ob er mir alles nur vorgespielt hatte.

»Ich bin eigentlich total müde, weißt du.«

»Was ist los, Annie? Du bist ja völlig durch den Wind!«

Ja, das war ich. Ich steckte mir die Strähne hinters Ohr. Logan ergriff meine Hand und entdeckte die Schramme.

»Was ist passiert?« Seine Stimme und sein ganzer Ausdruck waren verändert. Er wirkte ernst. Mist. Das war so auch nicht geplant.

»Ach das ... ja ...« Was sollte ich sagen? »Ich bin gestürzt.«

»Gefallen?«

Ich nickte hastig und ging die Treppen hoch, damit er mir nicht weiter ins Gesicht sehen konnte.

»Annie?«

»Mhm?«

Als ich mich umdrehte, lächelte er mich sanft an.

»Ich hätte den Termin gerne verschoben. Er war aber wichtig und nur deswegen bin ich gegangen.«

»Sicher ...« Ich spielte mit meinen Hausschlüsseln herum. »Immerhin brauchst du ja jeden Klienten. Jetzt, da du dich selbständig gemacht hast, richtig?« Ich klang wütend und das war gar keine Absicht. Ich wollte ja eigentlich gar nicht mehr darüber reden. Aber seine Lügen hatten mich verletzt.

»Woher weißt du das?« Er klang überrascht.

»Ich hab in der Kanzlei angerufen. Also deiner alten. Wann wolltest du mir davon erzählen?«

»Ich wollte es. Aber dann hast du dich mit ... Steve verlobt. Ich weiß auch nicht.«

»Du hast mir doch sonst immer alles erzählt.«

»Das war früher, Annie.« Seine Stimme klang beherrscht, aber wütend.

»Was soll das heißen?«

»Du kannst nicht meine beste Freundin sein und gleichzeitig ...« Er sprach nicht weiter und das machte mich wieder mal wahnsinnig. Wieso sprach er nie weiter?

»Gleichzeitig was, Logan?« Er sah zu mir hoch, ohne eine einzige Regung zu zeigen.

»Hast du mit Steve geredet?«

Ich schnaubte.

»Steve. Mein Verlobter, mit dem du einen Deal eingegangen bist!«

Er runzelte die Stirn.

»Deal?«

Ich holte tief Luft. Mein Körper war so was von angespannt. Also redeten wir doch über uns und all den anderen Ballast. Besser als in geschlossenen Räumen, dachte ich mir.

»Annie ...« Seine Stimme klang todernst und er stieg

zwei Stufen die Treppen hoch, sodass ich nur noch ein paar Zentimeter höher stand. »Was für einen Deal?«

»Er sagt, dass du dich an mich ranmachen solltest, damit er testen kann, ob er mir vertrauen kann oder eben nicht.« Logan sah mir in die Augen und schien irgendetwas zu suchen?

»Glaubst du ihm?«, fragte er mich mit so einer ruhigen Stimme, dass es mich eigentlich schockieren sollte.

»Sollte ich?«, fragte ich stattdessen.

Er schüttelte den Kopf, hielt meinem Blick aber immer noch stand. Langsam kribbelte es wieder in meinem Bauch.

»Steve kam ein einziges Mal zu mir. Und das hatte ich dir erzählt«, sprach er ruhig.

»Und wieso sagt er dann so etwas?« Ich musste schlucken. Logan starrte immer noch.

»Weil er unsicher ist. Und verdammt ...« Logan lächelte, als hätte er im Lotto gewonnen. »Er hat allen Grund dazu.«

»Du hast nicht gelogen?«

Er zuckte leicht zusammen. »Annie, hör auf damit.«

»Wieso? Findest du es nicht auch komisch, dass du und ich, jetzt?« Er fuhr sich durchs Haar und sah zu Boden, während er mir zuhörte. »Du hast solche Dinge nie zu mir gesagt, mich nie so angesehen wie jetzt.« Logan blickte mich hastig an.

»Du hast nur nie richtig hingesehen, Annie. All die Frauengeschichten ... ich mag ein Aufreißer gewesen sein, und am Anfang war das sicher auch gewollt. Aber später habe ich damit nur etwas kompensiert. Du hast nie den Mann in mir gesehen, der ich für dich sein wollte.«

»Was?« Jetzt stellte er sich wieder gerade hin und nahm noch eine Treppenstufe. Uns trennte nun keine Stufe mehr voneinander. Jetzt war ich wieder kleiner als er. Nur diesmal sah ich seine Nervosität, die er immer so gut verstecken konnte.

»Unsere Freundschaft war mir immer wichtig. Die ganze Zeit über. Aber Fakt ist nun mal auch, dass ich schon immer in dich verliebt bin, Annie.«

Kapitel 28

Ich öffnete meine Haustür und ging hastig ins Wohnzimmer. Logan folgte mir stumm und schloss die Tür hinter sich. Ich legte den Schlüssel und meine Tasche auf mein Sofa und fuhr mir seufzend durchs Gesicht.

»Ähm ... Annie?«, sprach er mit ruhiger Stimme.

»Mhm?«

»Du hast mir nicht geantwortet.« Er klang schon leicht verwirrt, das war ich ja selbst auch. Logan hatte mir gesagt, dass er immer schon in mich verliebt war. Jetzt konnte ich ihn nicht mal mehr ansehen.

»Okay, vielleicht ... sollte ich dich erst mal allein lassen«, schlug er vor. Er wollte mich jetzt allein lassen? Das wollte ich aber nicht!

»Nein«, antwortete ich schnell und sah jetzt wieder zu ihm.

Er lächelte leicht. »Okay, dann bleib ich.«

»Weißt du, was ich nicht verstehe?«, sprudelte die Frage aus mir heraus. Er schüttelte den Kopf.

»Was denn?«

»Wir ... wir haben miteinander geschlafen, und wegen der Wirkung des Alkohols hab ich dir gesagt und dich auch spüren lassen ...« Ein leichter Schauer überkam mich. »... dass da mehr ist. Und doch hast du es nie mehr angesprochen.«

Er schien mich verstanden zu haben, nickte und ging ein paar Schritte auf mich zu.

»Ich wusste nicht, wie ich es dir sagen sollte. Mir war irgendwie klar, dass du wohl Gedächtnislücken haben könntest. Aber dass du dann alles vergisst, das war irgendwie ein Glücksgriff gewesen.«

»Was?« Ein Glücksgriff? Er hatte beabsichtigt, dass es ein One-Night-Stand blieb?

»Nein, nein, so war das nicht gemeint«, antwortete er und verstand seine unangebrachte Aussage. Er griff meine Hände und strich über die Handrücken. Sofort kribbelte meine Haut und ich bekam Gänsehaut.

»Es war die tollste Nacht meines Lebens. Aber ich hatte auch Angst davor, wie du reagierst. Du bist ein Kopfmensch und mit dem besten Freund schlafen, wäre für dich vermutlich eine Katastrophe gewesen. Unsere Freundschaft wäre daran zerbrochen und am Ende hätte ich dich verloren.«

»Also hast du nichts gesagt, damit wir weiterhin zusammen sein konnten, ohne wirklich zusammen zu sein?« Mein Satz klang bekloppt, sagte aber im Grunde das aus, was er damit meinte.

Logan lächelte leicht. »Ja, und ich hatte auch Angst davor, wie es weiter gehen würde. Ich wollte damals schon viel mehr von dir, aber ich wusste nicht, ob ich damals schon reif genug gewesen wäre, um dir das zu geben, was du verdient hättest.« Logan war schonungslos ehrlich. Und vermutlich hatte er damit auch recht.

»Vermutlich nicht, wenn ich bedenke, wie oft du die Mädchen gewechselt hast.«

Er kniff lächelnd die Augen zusammen. »Hör bloß auf. Stolz bin ich darauf heute nicht mehr!«

»Ich habe dich schon lange nicht mehr mit einer Frau zusammen gesehen«, stellte ich fest.

Außer mit Gigi, aber das war nur ein Kuss. Ich musste ihn irgendwann noch mal fragen, wie es dazu kommen konnte. Er hielt immer noch meine Hände fest.

»Vielleicht liegt es daran, dass ich nur noch eine will.«

»Ich glaube …«, begann ich zu sagen und Logan sah mich erwartungsvoll an.

»Ja?«

Logan hatte mir gerade gesagt, dass er mich schon immer wollte. Er sagte mir, dass er in mich verliebt war. Und ich, ich bekam kaum etwas über meine Lippen.

Die Ereignisse überschlugen sich heute wie verrückt. Ich brauchte mal eine Minute völlige Ruhe. Ich hielt meine Hand mit der Schramme hoch. »Desinfizieren. Ich muss das sauber bekommen, sonst entzündet es sich.«

Fluchtartig holte ich aus dem Badezimmer den Erste-Hilfe-Kasten und setzte mich an den Esstisch.

Während ich mit meiner Wunde beschäftigt war, spürte ich den bohrenden Blick von Logan auf mir. Er stand noch immer mitten im Wohnzimmer.

»Annie ...« Seine Stimme klang allerdings einfühlsam und ruhig.

»Was?«, fauchte ich schon fast und klebte mir ein größeres Pflaster auf die Wunde.

»Ich kenne dich nicht erst seit gestern.«

Ich biss mir auf die Lippen. Er hatte recht und genau das machte mir Sorgen. Logan setzte sich neben mich an den Tisch.

»Ich weiß, heute war nicht der beste Zeitpunkt, um dir mitzuteilen, was ich ... fühle ... was ich die ganze Zeit über für dich empfinde.« Ich packte die ganzen Utensilien wieder in meinen Erste-Hilfe-Koffer, hörte aber jedes Wort mit.

»Ich weiß nicht, was Steve dir genau erzählt hat, aber ich habe mit ihm nie gemeinsame Sache gemacht. Du weißt, dass sich niemals jemand zwischen uns stellen könnte. Einen Deal eingehen, ohne dir was davon zu sagen, ist nicht mein Stil. Genauso ist es nicht *dein* Stil, eine neue Sache zu beginnen, wenn die Alte noch ungeklärt ist.«

Jetzt suchte ich wieder seinen Blick.

Er meinte Steve damit. Logan nahm wieder meine Hand und strich über den Verlobungsring. Ich hörte einen leisen Seufzer von ihm.

»Ich habe dir alles gesagt, was ich sagen wollte. Was du längst hättest hören sollen. Vielleicht ist es auch zu spät, ich weiß es nicht ... aber ...« Der Druck auf meine Hand wurde stärker. Unsere Blicke trafen sich wieder, dann fiel seiner kurz auf meine Lippen. Einen Moment später suchte er wieder meine Augen.

»... ich sollte dir Zeit geben. Zeit nachzudenken. Das hier bringt uns jetzt nicht weiter.«

Als er meine Hand losließ, fehlte mir der Hautkontakt sofort.

Er stand auf. »Ich werde jetzt mal gehen, Annie.« Logan klang so frustriert, wie ich mich fühlte.

Logan wollte gehen, weil ich nachdenken sollte. Er gab mir Zeit.

Ich nickte einfach nur, was sollte ich auch anderes tun?

Als die Türklinke ins Schloss fiel, ließ ich mich auf den Stuhl zurückfallen.

Das war doch verrückt. War nicht schon längst klar, wen ich wollte? Meine Zweifel nagten so sehr an mir, dass ich ihm nicht mal sagen konnte, dass ich Steve nicht mehr die Liebe entgegenbrachte, die er verdiente, um ihn wirklich zu heiraten.

Und Logan ... allein wenn er meine Hand nahm, erschütterte diese Berührung meinen ganzen Körper. Erhöhter Puls, Gänsehaut, ein Kribbeln. Diese Zeichen hatten doch etwas zu bedeuten!

Er war mein erster Mann gewesen, und ich wollte ihn auch jetzt noch. Logan war der Erste und Einzige, den ich je gewollt hatte. Bevor ich mir weiter den Kopf zerbrach, stand ich auf und rannte los.

»Logan!«, rief ich, riss die Haustür auf und erblickte ihn.

Logan blieb vor der Treppe stehen und sah mich fragend an.

Bevor ich etwas sagen würde, dass nicht ansatzweise das ausdrückte, was ich wollte, lächelte ich ihn an. Er erwiderte es sofort.

Ich spürte leichte Regentropfen, und doch konnte ich nicht aufhören ihn anzusehen. Er verzog keine Miene und blickte mich vom Treppenabsatz her an. Sein Blick war fordernd und starr auf mich gerichtet. Als würde die Zeit nur für diesen Moment zwischen uns stillstehen. Ihm war es egal, ob ich kontrollsüchtig war und oftmals zu panisch. Selbst dass ich einen anderen geheiratet hätte, hätte ihn nicht davon abgehalten, mich so zu sehen, wie ich wirklich war und empfand.

Logan wäre so selbstlos gewesen und hätte seine Gefühle für mich verdrängt, wenn ich Steve gewählt hätte. Wie liebenswert war das?

Aber das wollte ich nicht. Logan sollte nichts verzichten müssen. Wenn ich ehrlich war, sollte er mir seine Gefühle offenbaren. Ich wollte Logan. Ich liebte Logan. Ja, ich liebe ihn. Vermutlich schon immer.

Trotz all der vielen Gedanken konnte ich eine Gestalt in meinem Blickfeld nicht übersehen. Steve. Er stand wenige Meter vor Logan. Der bemerkte mein erstauntes Gesicht und sah in die Richtung, in die nun auch ich schaute.

»Steve«, sprach Logan.

Steve wirkte ganz und gar nicht ruhig. Ohne Zögern ging er auf Logan los und griff sich seinen Kragen.

Automatisch rannte ich auf die beiden zu. Doch bevor ich zwischen die beiden konnte, um Steve zu beruhigen, befanden die beiden sich bereits mitten in einer Prügelei. Steve war wenige Zentimeter kleiner als Logan, beide waren gut trainiert. Sie könnten sich umbringen!

»Hört auf«, schrie ich panisch, und Logan bekam einen Schlag in den Magen ab. Er hustete daraufhin, nur um wenige Sekunden später seine Faust in Steves Gesicht zu schlagen. Der ging zu Boden. Der Regen wurde immer stärker.

»Du kriegst sie nicht!«, schrie Steve wütend und schlug mit der Faust auf den Asphalt. Logan ließ seine Fäuste sinken.

»Steve, bitte ...« Ich ging ein paar Schritte auf sie zu.

Logan sah mich ohne Regung an. Man konnte kaum noch etwas vor Augen sehen, da der Regen nur so prasselte. Steve stand auf und sah mich an.

»Er ist es, den du willst?« Er zeigte auf Logan. Man hörte nur noch den Regen, der auf den Asphalt platschte.

»Es tut mir leid, Steve. Ich ... ich wusste es nicht ...«

»Was wusstest du nicht?«

»Dass da mehr ist als Freundschaft.«

Ich hätte auch sagen können, dass ich Logan liebte, aber was hätte das gebracht? Steve noch mehr zu provozieren, würde nur wieder zu einer Prügelei führen.

Steve schnaubte. Ich zog den Verlobungsring vom Finger und hielt ihm den Ring hin.

»Den sollte ich nicht mehr tragen.« Steve sah auf den Ring und nahm ihn stumm entgegen.

»Du weißt, dass er dich nicht glücklich machen kann, Annie.«

»Das werden wir ja sehen«, war das Erste, was Logan zu ihm sagte. Er war wütend. Zurecht. Aber das hier war jetzt mein Kampf.

»Hör auf, Steve, bitte.« Jetzt sah er mich wieder an. »Du kannst auf mich wütend sein, denn ich war es, die beschlossen hat dich nicht zu heiraten. Logan war nur schon immer da. Er ist mein bester Freund.«

»Das gibt ihm das Recht, dafür zu sorgen, dass deine Hochzeit platzt?«

Steve wurde immer lauter und so langsam verlor ich selbst die Geduld.

»Ich hätte dich geheiratet, wäre Logan nicht da gewesen, das stimmt.« Mein kurzer Blick zu Logan zeigte, dass er irritiert über meine Worte war. »Aber ... wir wären unglücklich geworden. Wir beide sind nicht füreinander bestimmt, verstehst du das? Wir harmonieren gut, wir verstehen uns. Aber am Ende fehlte etwas Wichtiges.« Ich sah wieder zu Logan und diesmal lächelte er. Er wusste, was ich meinte. Dann tauchte wieder dieses Gefühl auf. Das Gefühl, dass Richtige zu tun.

»Annie ...« Steve trat ein paar Schritte auf mich zu. Seine Züge wurden wieder weicher. »Es tut mir leid, dass ich dir vorhin weh getan habe. Ich werde dich aber nicht aufgeben, das kann ich nicht.«

»Was?«, fragte Logan nach.

»Es ist alles wieder in Ordnung«, wedelte ich beruhigend mit den Händen. Leider fiel so Logan mein Pflaster wieder auf. Sein Gesichtsausdruck veränderte sich sofort.

»Gefallen, von wegen«, schnaubte er über meine Antwort vorhin, und griff sich Steve.

Wieder fielen beide übereinander her, nur dass sie jetzt auch noch auf die Straße stürzten. Instinktiv schaute ich mich um. Es fuhren gerade keine Autos.

»Seid ihr verrückt geworden? Kommt sofort von der Straße runter«, schrie ich, doch keiner der beiden reagierte.

Logan konnte Steve zu Boden werfen und sich auf ihn draufsetzen, um einige Schläge in seinem Gesicht zu landen. Doch zwei Faustschläge später konnte Steve ihn abwehren und schubste ihn noch weiter auf die Straße.

Sie brachten sich noch um, wenn sie so weitermachten. Ich musste dazwischen.

Steve wollte wieder auf Logan losgehen, doch ich packte ihn am Arm.

»Hör auf, Steve!« Obwohl ich dachte, ich könnte ihn bewegen ruhiger zu werden, schubste er mich mit einer Handbewegung von sich weg und ich landete mitten auf der Straße.

»Autsch.« Das war mein Hintern.

»Annie, pass auf!«, rief Logan mir entgegen, doch da sah ich schon die Lichter, die auf mich zugefahren kamen.

Mein Herz machte einen letzten Schlag, bevor mich zwei starke Hände packten und zur Seite drehten. Das Hupen wurde so laut, dass ich nur noch dieses Geräusch hören konnte. Ein heftiger Stoß erwischte meinen Kopf. Ich hatte die Augen vor Panik geschlossen, um dem Unausweichlichen nicht noch entgegenzublicken.

Plötzlich wurde alles still um mich herum. Nur noch der Regen war zu hören.

»Annie ... hey, ist alles in Ordnung?«, fragte mich Logans leise Stimme.

Er strich mir durchs Gesicht, und als ich mich langsam traute, die Augen wieder zu öffnen, blickte ich in sein Gesicht.

Logan lag praktisch auf mir und stützte meinen Kopf mit seiner Hand. Um seinen Mund herum tauchte ein Lächeln auf, das mich eigentlich anstecken sollte, aber diese Kopfschmerzen waren gerade unerträglich.

»Autsch«, wiederholte ich das Wort jetzt schon wieder.

»Du bist ganz schön unsanft auf dem Kopf gelandet«, sprach er mit mir.

Seine Haare waren klatschnass.

Dazu noch dieser Blick. Er beruhigte mich sofort, obwohl wir hier mitten auf der Straße lagen. Fast überfahren von einem Auto.

»Du hast mich gerettet«, stellte ich berührt fest.

»Glaub mir, Annie, du hast mich gerettet. In jeder Hinsicht«, antwortete er mir und ich lief bestimmt vor Scham rot an. Er fand immer die richtigen Worte, um mir den Kopf zu verdrehen. »Das ist mein Ernst«, sprach er weiter, als würde er sehen, wie unsicher ich wurde. Ungläubig schüttelte er den Kopf, während er mich immer noch ansah. Als würde die Zeit wieder stillstehen. »Wie kann eine Frau wie du nur glauben, ich würde das alles nicht ernst meinen ... Ich versteh es nicht.«

»Jetzt küss mich schon, du Idiot«, konterte ich und hoffte, endlich von ihm erlöst zu werden. Er grinste leicht provokant.

»Du bist verletzt und fast von einem Auto überfahren worden. Wir sollten aufstehen und ins Krankenhaus.«

Der Regen hörte wieder auf. Der Schauer war vorüber, und ich sah ihn abwartend an. Er grinste immer noch so spöttisch.

»Gut ...« Ich brach den Augenkontakt ab. »Dann eben nicht.« Er griff mit der anderen Hand mein Kinn und zog es wieder zu seinem Gesicht. Diesmal hatte er dieses Funkeln in den Augen. Als würde er auf der Jagd sein. Ich liebte diesen Blick. Denn er galt nur mir.

Seine Nasenspitze berührte meine, obwohl wir mitten auf der Straße lagen. Obwohl es hier ziemlich kalt war, erwärmte sich mein Körper immer mehr. Als würde Logan dafür sorgen. Solche Gefühle waren völlig neu für mich.

»Annie«, flüsterte er leise, kaum hörbar. Und doch

hielt ich die Luft vor Erregung an, als er meinen Namen sagte. Dann legten sich seine Lippen auf meine. Der Kuss hatte nichts Sanftes. Er war hart, fest, als wäre er ausgehungert und ich ebenfalls. All die Zweifel der letzten Wochen fielen von uns ab. Seine andere Hand griff mein Gesicht, hart und beständig suchte seine Zunge meine. Und ich gab mich hin. Es war der längste und schönste Kuss, den ich je hatte.

»Oh mein Gott.« Drei Worte fielen und sofort erkannten wir, dass es Gigis Stimme war. Wir beide sahen auf und da stand sie. Bepackt mit einem Regenschirm starrte sie uns an.

»Äh ... ihr wisst schon, dass das eine Straße ist, auf der ihr liegt?« Erst jetzt bemerkten wir, dass der Taxifahrer, der mich fast überfahren hatte, immer noch auf der Straße stand und uns genauso fragend anblickte. Einige Passanten hatten sich um uns herumgestellt und gafften. Und wir hatten nichts, überhaupt nichts mitbekommen. Steve war verschwunden.

Kapitel 29

Annie

Zwanzig Minuten später fuhr der Taxifahrer endlich wieder fort. Wir mussten ihm versichern, dass alles in Ordnung war. Die fremden Leute, die gafften, waren auch längst verschwunden.

Mittlerweile befanden wir uns in meiner Wohnung. Ich setzte mich seufzend auf meine Couch. Mein Hintern, mein Kopf, was tat eigentlich nicht weh ...

Gigi sah mich und Logan immer noch zögerlich an. Er hatte Verbandsmaterial geholt.

»Was tust du da?«, fragte ich ihn neugierig, als er plötzlich in dem Koffer wühlte.

»Na, deine Wunde säubern.« Und schon tupfte er an meiner Stirn herum. Sein Blick war konzentriert auf die Wunde geheftet, ich aber starrte nur ihn an. Schmunzelnd darüber, wie konzentriert er bei der Sache war, träumte ich weiter von seinem wunderschönen Gesicht. Als er meinen Blick bemerkte, lächelte er zaghaft.

»Hallo? Leute? Hört ihr mal auf damit?«, sprach Gigi dazwischen. Wir beide sahen sie fragend an.

»Was meinst du?«, fragte ich sie.

»Diese aufgeladene Stimmung da zwischen euch.« Sie zeigte auf uns beide. »Wenn man bedenkt, dass wir vorhin noch ein Brautkleid ausgesucht haben für die Hochzeit mit …«, doch bevor sie weiterreden konnte, stand Logan auf.

»Sag mal, hast du nicht noch was zu tun?« Er schob sie Richtung Tür.

»Hey, schmeißt du mich etwa raus?«, fragte sie ihn entsetzt.

Als er ihr die Tür öffnete und zum Flur zeigte, nickte er. »Sieht so aus.«

Gigi sah mich geschockt an, ich konnte jedoch nur dämlich grinsen. Kopfschüttelnd konnte sie sich selbst ein Lächeln nicht verkneifen.

»Ich gebe mich ja schon geschlagen.« Sie war gerade im Flur angekommen, da schmiss er schon die Tür zu.

»Du bist verrückt«, kam von mir, aber ein lautes Lachen konnte ich auch nicht verbergen. Vor allem als Logan sich zu mir umdrehte und wieder diesen Blick hatte.

Als wäre ich die Beute oder der einzige Mensch auf Erden. Ich biss keck auf meine Unterlippe. Logan zog seinen Mantel aus, ließ ihn einfach zu Boden fallen. Er sah so verdammt gut aus in dem Hemd, das total nass war. Darunter konnte ich sein Unterhemd erkennen und seine Muskeln.

»Zieh deine Sachen aus«, sprach er, und es klang nicht nach einer Bitte.

Er begann sein Hemd aufzuknöpfen, seelenruhig, verlor nie den Blick auf mich. Als er auch sein Hemd fallen ließ, achtete er auf meine Reaktion. Ich starrte auf seine Bauchmuskeln, verdammt noch mal, er sah aus, als wäre er gemeißelt worden.

Dann öffnete er den Gürtel und ließ die Hose fallen. Er stieg aus den Hosenbeinen. Logan trug enge schwarze Shorts, die seine Beine umschmeichelten und auch dafür sorgten, dass ich seine leichte Erregung sehen konnte.

»Du bist immer noch nicht ausgezogen«, stellte er fest und wartete. Sollte ich wirklich? So etwas hatte ich noch nie so lange in die Länge gezogen. Und er wollte sehen, was ich zu bieten hatte. Aber hatte ich das? Vielleicht wäre er enttäuscht ...

»Nicht so viel denken, Annie«, sprach er mir Mut zu.

Als wenn er meine Gedanken lesen könnte.

Aber ja, er kannte mich. Wieso schämte ich mich denn auch? Er wusste, was er bekam. Wir waren bereits einmal zusammen gewesen, auch wenn ich nichts mehr davon wusste.

Logan jedoch erinnerte sich an alles.

Nicht zu vergessen, dass ich heute gesagt bekommen hatte, dass ich in Größe 36 passen würde. Wenn das nichts fürs Selbstbewusstsein war, was dann?

Langsam zog ich meine dünne Jacke, die ich übergezogen hatte, aus, sie klebte regelrecht an mir. Ich suchte immer wieder seinen Blick.

Ich zog mir mein Top über den Kopf. Dadurch konnte er meinen roten Spitzen besetzten BH sehen. Stolz breitete sich in mir aus, als ich seinen zufriedenen Gesichtsausdruck sehen konnte.

Genauso musste ich geschaut haben, als er sich vor mir ausgezogen hatte. Wow.

Ich zog mir die Jeans aus und bemerkte, wie er ungeduldig leicht auf und ab wippte. Wurde Logan etwa nervös? Das beflügelte mich weiter zu machen.

Ich öffnete meinen BH und ließ ihn dann sofort fallen.

Als ich wieder aufsah, starrte Logan das erste Mal nicht mehr in meine Augen. Er blickte erst meine Brüste an, dann den Rest meines Körpers. Es war mir nicht mal unangenehm. Ich fühlte mich wunderschön durch ihn.

Früher wäre ich niemals auf die Idee gekommen, so selbstsicher zu werden. *Es liegt an dem Mann hier. Ich habe ganz einfach keine Hemmungen vor ihm.*

»Und jetzt du!«, stellte ich die Forderung und Logan zuckte kurz zusammen, als würde er aus sehr heißen Gedanken gerissen.

»Was?«

»Deine Shorts. Runter damit!« Ich verschränkte die Arme vor meiner Brust. Seine Pupillen weiteten sich kurz, als er meiner Geste mit den Augen folgte.

»Schüchtern?«, hakte ich nach, weil er immer noch nicht meiner Bitte nachkam. Obwohl ich dachte, ich könnte ihn einschüchtern, blitzte sein übliches Grinsen auf. Es tauchte immer auf, wenn er sich seiner Sache sehr sicher war. Wie auch jetzt. Ich biss mir auf die Unterlippe und das gab ihm wohl die Bestätigung, endlich loszulegen.

Er lief auf mich zu und küsste mich besitzergreifend. Er war so stürmisch, dass ich an die nächste Wand gedrückt wurde.

Irgendwas, vermutlich Bilder, fielen zu Boden.

Seine Zunge drängte sich in meinen Mund. Ich erwiderte stöhnend seinen Kuss. Seine Hände wanderten zu meinen Schenkeln und dann hoch zu meiner Brust, die er fest knetete.

Ich hielt mich an seinem Nacken fest, als er mich auf die nächstgelegene Kommode setzte, um mich dann einfach nur anzusehen. Wir beide standen hier nur noch in Unterwäsche und er schaute mir einfach in die Augen.

»Was ist los?«, fragte ich ihn, weil er nach einer Weile immer noch nichts sagte. Und so langsam wurde es unbequem auf der Kommode.

Logan schüttelte unsicher den Kopf, küsste mich dann wieder. Sofort fingen wir wieder an uns gegenseitig zu berühren.

»Ich halt es nicht mehr aus«, stöhnte er zwischen den Küssen, hob mich wieder hoch und presste mich jetzt einfach nur an die Wand.

Was für Kräfte hatte der Mann bitte? Ich umklammerte mit meinen Beinen seine Hüfte und spürte seine Erektion. Unglaublich. Mein Höschen war schon feucht, und ich hoffte einfach, er würde mich bald erlösen.

»Zieh deinen Slip zur Seite, sonst dreh ich noch durch!«, sprach er mit voller Begierde in der Stimme. Aber er ließ mir gar keine Chance, es selbst zu tun, denn er zog ihn zur Seite und mit einem Ruck war er in mir.

Sofort lehnte ich meinen Kopf zurück, knallte an die Wand, aber mir war es egal. Verdammt noch mal, er füllte mich komplett aus.

»Bist du feucht, Shit«, flüsterte er angestrengt. Seine langsamen Bewegungen waren beabsichtigt. Er wollte mir Zeit geben, sich an ihn zu gewöhnen. Gott, es tat so gut ... Logan war so gut ...

Auf einmal hörten wir jemanden an meiner Haustür klopfen.

»Wer ist das?«, fragte ich ihn flüsternd, doch Logan bewegte sich weiter, küsste mein Kinn und anschließend meinen Hals, als hätte er nichts gehört.

»Ist doch egal«, murmelte er gegen meinen Hals.

»Ich weiß, dass ihr da seid!«, rief eine uns sehr bekannte Stimme hinter der Tür zu.

Jetzt erstarrten wir beide.

»Deine Mutter«, flüsterte ich.

Logan verdrehte die Augen. »Verdammt noch mal«, fauchte Logan, wohl zu laut, denn hinter der Tür kam tatsächlich eine Antwort:

»Jetzt mach die Tür auf, Logan.« Doch nichts da, er bewegte sich plötzlich weiter und wurde sogar noch schneller.

»Oh Gott, Logan«, stöhnte ich leise, weil er mich schon schwindelig vögelte.

»Es ist deine Mutter«, versuchte ich ihm noch begreiflich zu machen, ließ ihn aber weiter machen. Wir waren längst an dem Punkt, an dem uns das wohl total egal war.

»Auch wenn es meine Oma wäre«, antwortete er mir spöttisch, wobei er schon begann zu schwitzen. »Das hier versau ich jetzt nicht.«

Ich bäumte mich auf, drückte mich ihm entgegen, mein Kopf zersprang fast. Der Druck in meinem Unterleib wurde immer größer.

Unsere Blicke trafen sich und ich konnte nicht mehr wegsehen. Schweißperlen bildeten sich auf seiner Stirn.

Als wenn wieder Zeit und Raum stillstehen würden. Nur wir zwei gegen die ganze Welt. Selbst das Geräusch hinter der Tür war wie weggezaubert. Gab es so etwas wirklich? So ein Gefühl?

Mein Inneres brannte, ich war fast so weit. Er stieß mich zum Höhepunkt, ich vergrub meine Hände in sein schweißnasses Haar und stöhnte seinen Namen, als ich endlich die Erlösung bekam, die ich so brauchte. Als ich meinen Kopf an seiner Schulter lehnte, stieß er noch zweimal zu, bis er sich verkrampfte und auch in mir kam.

Völlig außer Atem, und ich immer noch neben mir, sahen wir uns an. Sein spitzbübisches Lächeln tauchte wieder auf und er steckte mich damit an.

»Ich kann euch hören«, kam es aus dem Hausflur.

»Deine Mutter ist immer noch da«, flüsterte ich ihm zu und hoffte, sie hatte uns nicht beim intimen Teil der Sache gehört. Wobei das reines Wunschdenken war.

»Soll sie doch«, gab er kampfbereit von sich. Dann hauchte er mir einen Kuss auf die Lippen.

Tatsächlich schnaubte er nur unbeeindruckt, als seine Mutter noch einmal an die Haustür klopfte.

»Lass sie rein«, antwortete ich darauf. »Ich zieh mich an.«

Dann wand ich mich aus seinen Fängen, sammelte meine Klamotten vom Boden auf und ging ins Badezimmer. Aber nicht, ohne noch mal mit dem Hintern zu wackeln. Das leise Brummen von Logan ließ mich kichern, bevor ich schnell die Badezimmertür hinter mir schließen konnte.

Mir gefiel es total, wie er auf mich reagierte ... und der Sex erst! Heiliger Bimbam!

So was hatte ich noch nie gemacht. Ich hatte mich noch nie so gehen lassen und dabei so viel gefühlt. Logan machte etwas mit mir, weckte etwas auf, was längst geweckt hätte werden sollen. Ich zog mir frische Klamotten an, die ich aus meinem angrenzenden Schlafzimmer nehmen konnte, kämmte mir schnell die Haare durch und ging wieder hinaus.

Logan war gerade dabei, die Wohnungstür zu öffnen.

»Das wurde aber auch langsam Zeit«, meckerte sie und trat ein.

Wann habe ich sie jemals so wütend gesehen? Gut,

es kam vermutlich auch selten vor, dass sie vor der Tür stehen musste, weil sie keiner reinließ.

Logan war zwar wieder vollständig angezogen, sein Hemd war nur leider falsch zugeknöpft, und Rose war zu aufmerksam, um es nicht zu bemerken. Mist ...

»Was ist hier los?«, fragte sie misstrauisch.

Rosa bemerkte die Bilder, die auf dem Boden lagen. Dann blickte sie zu mir und wieder zu ihrem Sohn. »Logan Frederic Smith. Was hast du getan?«

Er schloss die Tür und sah sie so unschuldig an, wie es eben nur Logan konnte.

»Mom, beruhige dich.«

»Beruhigen? Ich wollte nach Annie sehen, sie war so verstört vorhin im Brautladen, und jetzt finde ich dich hier mit ...« Sie zeigte auf sein Hemd und auf mich. »Was soll das? Ich habe dich immer machen lassen. Selbst als dein Vater meinte, du bräuchtest in deinem Alter mehr Disziplin, habe ich mich hinter dich gestellt. Und jetzt schläfst du mit Annie? Ist dir entgangen, dass sie heiraten wird? Moment, nein das kann es ja nicht, immerhin stand sie vorhin mit einem Brautkleid vor dir!«

»Kann ich auch mal was dazu sagen?«, fragte Logan sie und verdrehte immer wieder die Augen.

»Ich bin noch nicht fertig, junger Mann. Wir haben dich so nicht erzogen. Unverbindliches Techtelmechtel, na gut. Aber du stellst keine Ehe aufs Spiel!« Sie hob ihre Hand und zeigte drohend auf ihn. *Oh Gott, jetzt sorge ich sogar für Streit zwischen Rosa und Logan.*

»Mom...« Logan versuchte wieder mit ihr zu reden, doch Rosa ließ es nicht zu.

»Ich dachte, mit deiner eigenen Selbständigkeit gehst du in die richtige Richtung. Wirst erwachsen und dieser unbekümmerte Playboy verschwindet endlich.«

»Rosa!«, sprach ich lauthals dazwischen. Sie tat ihm unrecht, und das musste sie endlich begreifen. Aber Logan kam mir zuvor.

»Ist schon gut, Annie.«

Rosa sah jetzt mich fragend an. Ich würde ja gerne alles erklären, aber Logan wollte das anscheinend selbst machen.

Er steckte seine Hände lässig in die Hose, als würde dieses Gespräch nicht alles ändern. Logan versuchte ruhig zu wirken. Ich wusste aber, dass er das oftmals tat, um zu verbergen, wie sauer er eigentlich wirklich war. »Bevor du mich weiter als den übelsten Kerl Manhattans beschimpfst, kann ich jetzt auch mal was dazu sagen?«, fragte Logan seine Mutter und die zog eine Braue hoch.

»Na, dann lass mal hören.«

Logan öffnete den Mund, schloss ihn aber schnell wieder. War ihm das jetzt doch alles zu viel? Wir hatten absolut nichts besprochen. Wir hatten Sex und noch keine Möglichkeit gehabt, wirklich miteinander zu reden.

Ich hatte mich für ihn entschieden, ja, aber wofür genau entschieden?

Logan fuhr sich durchs Haar.

»Ich wusste es doch«, schnaubte seine Mutter. »Du hast wieder nicht nachgedacht, mit deiner besten Freundin geschlafen, und jetzt weißt du nicht mehr, wie du da rauskommen sollst.«

Dann wandte sie sich mir zu und sah mich mitfühlend an.

»Es tut mir so leid, Annie. Ich weiß, dass du das bestimmt nicht wolltest ... und ...«

»Jetzt reicht es aber«, rief er dazwischen, seine Augen funkelten Rosa wütend an. Ich zuckte zusammen, so überraschend kam sein Ausbruch.

»Du musst dich nicht bei Annie für mich entschuldigen. Oder sonst irgendetwas sagen, was mich oder Annie angeht. Okay?« Sie sah ihn immer noch mit bösem Blick an. So kannte ich Rosa ganz und gar nicht. War sie so besorgt um mich? Und dachte so schlecht über ihren einzigen Sohn?

»Annie ist nicht einfach nur eine Affäre oder sonst irgendwas, was vielleicht früher mal für mich wichtig war. Ob du es glaubst oder nicht, ich bin erwachsen geworden, Mom. Auch ohne die Hilfe von Dad und dir. Dass du so schlecht über mich denkst, da bin ich selbst schuld, das ist mir bewusst. Nur kannst du mir bei der einen Sache nicht vertrauen?«

»Bei welcher?«, fragte sie ihn skeptisch.

Jetzt setzte er ein leichtes Lächeln auf. »Dass ich diese Sache hier nicht vermasseln werde. Ich habe mich in Annie verliebt. Ich liebe sie, Mom.«

Jetzt standen Rosa und ich sprachlos hier herum.

Ich musste schlucken, als Logan sich jetzt zu mir umdrehte. »Ich liebe dich, Annie.«

Mir wurde schwindelig. Hatte er das wirklich gerade gesagt? Mein Mund war staubtrocken. Mein Körper fühlte sich taub an. *Er hatte gesagt, er liebt mich. Logan, liebte mich? Mich!*

»Annie?« Ich zuckte regelrecht zusammen, als ich seinen fragenden Blick auf mich gerichtet sah.

Rosa starrte mich auch abwartend an. Mein Mund öffnete sich, aber verflucht, ich suchte die richtigen Worte, aber ich stand zu sehr unter Schock. Er hat mir gerade gesagt, dass er mich liebte.

»Hast du mich gehört?«, fragte er mich und ich bemerkte seine Unsicherheit. Klar, ich war auch alles andere als gefasst. Ich nickte zitternd. Das gab ihm wohl die Bestätigung, jetzt auf mich zuzugehen.

Wir hatten gerade Sex, waren uns so nah wie noch nie gewesen, und er sagte, er liebe mich. Dass war doch nicht das erste Mal, dass mir das jemand gesagt hatte. Aber ich wusste auch, wie oft das schiefging. Er nahm meine Hände in seine und lächelte leicht.

»Ich liebe dich, Annie. Und das schon viel zu lang.«

Beschämt sah ich auf den Boden. Er drückte mit dem Finger mein Kinn hoch, sodass ich ihn ansehen musste. Unsere Blicke begegneten sich.

»Ich kenne mich damit nicht so aus, aber sollte da im besten Fall nicht so etwas wie ‚Ich liebe dich auch‘ zurückkommen?«

»Das ist ja nicht zum Aushalten. Jetzt lass ihr doch

mal etwas Zeit und vor allem Luft zum Atmen«, meckerte Rosa dazwischen.

Logan schloss genervt die Augen. »Mom, bitte.«

»Was denn? Sie wollte heute Mittag noch Steve heiraten.«

Steve. Selbst Logans Miene verdunkelte sich bei der Erwähnung meines Ex-Verlobten. Ich hatte nicht mehr an ihn gedacht, auch wenn er sich mit Logan noch vor einer Stunde auf der Straße geprügelt hatte und ich es in Logans Gesicht sehen konnte. Die blauen Flecken, die langsam an seiner Wange auftauchten, würden mich wohl noch eine Zeit daran erinnern.

Steve war einfach abgehauen. Ich hätte es ihm nicht übelnehmen sollen. Ich tat es aber. Es gab einfach noch einiges zu klären.

»Sorry, ich ...« Er fuhr sich durchs Haar und zog sich von mir zurück. Oh nein.

»Rosa, würdest du uns vielleicht entschuldigen?«, fragte ich sie und Logan sah mich verwirrt an.

»Äh, natürlich ...« Rosa verschwand ohne weiteres. Gott sei Dank. Anlegen wollte ich mich nämlich nicht mit ihr.

»Du bist meine Mutter losgeworden, wie hast du das gemacht?«, fragte er, aber ich ignorierte es einfach.

»Ich liebe dich auch«, platzte es aus mir heraus.

»Was hast du eben gesagt?« Logan sah mich ungläubig an. Konnte es sein, dass er genauso unsicher war wie ich?

»Ich liebe dich«, wiederholte ich und er lachte laut auf. Ich schloss mich seinem Lachen an.

Dann küsste er mich, mein Magen kribbelte sofort und mein Körper verlangte nach mehr. Ich zog ihn zu mir. Er stöhnte auf, und ich konnte seine Erektion an meiner Haut fühlen. Logan konnte schon wieder. Unglaublich!

Dann zog er mich mit sich und wir landeten auf dem Sofa. Er zog sein Shirt schnell aus und lächelte. *Gott, und es ist an mich gerichtet. Er will mich.*

»Ich krieg einfach nicht genug von dir«, lächelte er geheimnisvoll und packte mich wieder, um mir einen festen und harten Kuss zu geben. Als er mich hochnehmen wollte, fielen einige Dinge vom Tisch, die ich aus Versehen mit dem Fuß weggekickt hatte.

Normalerweise wäre es mir egal gewesen, aber es waren die ganzen Hochzeitsmagazine gewesen. Die Magazine, die ich vor nicht allzu langer Zeit mit Steve durchgesehen hatte.

»Annie?« Ich starrte die Zeitschriften an und er bemerkte es. Seine Miene wurde sofort ernst, er setzte sich neben mich. Romantik dahin. »Du denkst an Steve?«

Ich nickte. »Ich muss noch mal mit ihm reden.« Das muss ich wirklich.

»Was?« Logan wirkte nicht begeistert.

»Ja, das ist alles nicht gerade gut gelaufen. Wir konnten das kaum richtig klären. Wir haben ihm wehgetan und ...« Er schnaubte verächtlich. »Bitte Logan.«

Logan stand ruckartig auf.

»Nein, Annie. Steve hat nichts anderes verdient, verdammt noch mal. Erst kommt er mit der schwachsinnigen Idee, er hätte mich auf dich angesetzt, dann prügelt er sich mit mir mitten auf der Straße und hätte fast dafür gesorgt, dass du überfahren wirst.«

»Ja, er hat schon übertrieben, aber vergiss nicht, dass du angefangen hast mit der Prügelei.«

»Weil er dich verletzt hat!«, fuhr er mich an. Okay, verwerflich war das nicht. Aber Steve und ich waren nicht gerade kurz zusammen gewesen. Wir wollten heiraten! Ich musste noch mal mit ihm reden. In Ruhe.

»Hättest du jemanden vor mir gehabt, dann würdest du das doch auch vernünftig klären wollen, oder?«

Logan erwiderte daraufhin nichts.

»Ich würde es klären wollen, du hast recht«, gab er dann doch zu.

»Siehst du. Deswegen muss ich mit ihm unter vier Augen sprechen.«

»Unter vier Augen? Nein, bestimmt nicht.«

»Logan ...«

»Darüber diskutiere ich nicht, Annie. Er hat dich verletzt! Was glaubst du, was beim nächsten Mal passiert?«

»Ich glaube, ich kenne Steve. Er wird mir nichts tun.«

»Jetzt nimm ihn doch nicht in Schutz. Ich dachte auch, er wäre einfach ein unsicherer Typ, aber er ist ein Psycho.«

»Logan bitte.«

»Liebst du ihn noch?«

»Was?«

Er zog sich sein Shirt wieder an. »Eine ganz einfache Frage, Annie«, sagte er, ohne mich anzusehen.

»Wieso fragst du das?«

»Wieso? Wir hatten Sex, ich sage dir, dass ich dich liebe, und du denkst keine fünf Minuten später darüber nach, mit deinem Ex zu sprechen. Sorry, dass da eine gewisse Unsicherheit bei mir aufkommt.«

Logan und unsicher? Ich stellte mich zu ihm und nahm seine Hand. Er sollte auf keinen Fall etwas Falsches denken.

»Hey, ich will doch nur, dass er es versteht.« Doch sofort entzog er mir wieder seine Hand.

»Nein, und das versteh *ich* nicht, Annie.«

»Wieso bist du so eifersüchtig? Ich habe mich doch für dich entschieden.«

»Hast du das? Die ganze Zeit habe ich gehofft, dass du merkst, dass ich der Richtige bin, dann kommen wir hier beide zusammen, und trotzdem ist Steve immer noch in deinem Kopf.«

»Das ist doch schwachsinnig. Ich will doch nur mit ihm reden und ihm alles erklären.«

»Ja wirklich?« Er zog sich seinen Mantel an. »Dann hast du auch kein Problem, wenn ich mit meiner letzten Affäre rede und ihr alles erkläre!« Mein Herz machte einen Aussetzer. Was meinte er denn damit? Logan sah mich abwartend an. Er wollte mich provozieren, deswegen hatte er das gesagt. Oder?

»Sicher.« Ich verschränkte die Arme vor der Brust. »Du kannst tun, was du willst.«

»Super.« Er ging aus meiner Wohnung und schmiss die Tür wütend hinter sich zu.

Kapitel 30

Logan

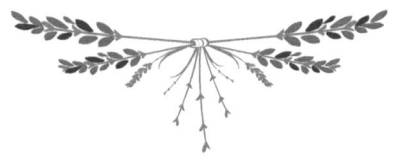

Der Drink stand immer noch unberührt vor mir, und so langsam fragte ich mich wirklich, was zum Teufel ich in dieser Bar wollte. Es war schon lange kein Platz mehr für mich.

»Du siehst so scheiße aus«, kam von Eddy, der sich neben mich setzte. Eddy traf ich immer mal wieder hier. Er war in einer anderen Kanzlei angestellt. Irgendwann in meiner turbulenten Phase war er mein bester Ansprechpartner geworden.

Eddy zeigte dem Barkeeper, dass er denselben Drink wollte wie ich und bekam ihn wenige Augenblicke später serviert.

Ich spürte, wie er mich musterte und das zerknitterte Hemd registrierte, das immer noch nicht ganz trocken war vom Regen. Meine kleine Verletzung im Gesicht nahm er auch wahr, genauso wie die Abschürfungen an meinen Fingern.

»Mit wem hast du dich denn geprügelt?«, fragte Eddy mich belustigt.

Ich blickte ihn kurz finster an. Und Eddys Miene veränderte sich sofort.

»Wohl das falsche Thema.«

»Ach.« Ich seufzte und drückte mir auf den Nasenrücken.

»Annie?«, fragte Eddy sachlich und kippte sich seinen Drink in den Rachen.

»Nein«, antwortete ich ihm barsch. Eddy schnaubte.

»Es geht seit Monaten nur um sie, Alter. Als du hier nicht mehr jeden Abend aufgetaucht bist, dachte ich, dass ihr beide da doch mal was hinbekommen habt. Und jetzt sitzt du wieder hier und starrst deinen Drink an. Ich weiß nicht, ob mir das gefallen soll.«

»Wieso? Muss ich dich erst um Erlaubnis fragen?«, fragte ich ihn, während ich immer wieder in den Spiegel, der über der Bar hing, starrte.

»Nein, aber so wie du aussiehst, macht sich doch wohl jeder Sorgen.«

Automatisch hob ich das Glas hoch und schüttelte es leicht hin und her.

»Sie ist gerade bei Steve ...« Mehr sagte ich nicht. Dazu klang ich verbittert genug und so fühlte ich mich schließlich auch.

»O-Okay?«, dehnte Eddy sein nächstes Wort.

»Ich habe sie in seine Arme getrieben, weil ich den unsicheren Idioten raushängen lassen musste«, erklärte ich ihm und war schon wieder wütend über mich selbst. Warum zum Teufel war mir das nicht schon vor meinem Abgang aufgefallen? Sie wäre niemals zu ihm gegangen, wenn ich ruhiger geblieben wäre. Zumindest hätte ich mitgehen können. Wobei das eher unwahrscheinlich gewesen wäre. Annie war stur, und ich war verrückt nach ihr.

»Ich kapier nicht, was du meinst. Sie heiratet ihn doch.«

Eddys Satz ließ das Fass überlaufen. Mit Schwung stellte ich den Drink auf die Theke ab. Zu viel Schwung. Der Alkohol schwappte leicht aus dem Glas.

»Sie hat sich für mich entschieden, okay!«, stellte ich klar.

Eddy reagierte völlig anders. Er schlug mir lächelnd auf die Schulter.

»Das freut mich, Alter. Wurde auch mal Zeit. Da stellt sich mir natürlich die Frage, was zum Teufel du hier machst? Solltest du nicht bei ihr sein?«

Schnaubend klammerte ich mich wieder an meinen Drink.

»Sag ihr das mal.«

Kapitel 31

Annie

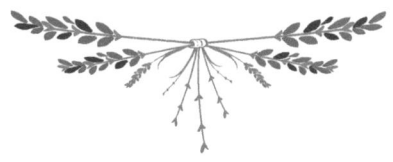

Mit nervösen Fingern klopfte ich an seine Tür. Schon komisch, heute fühlte ich mich hier irgendwie als Fremde. Ich war weder Steves Freundin noch seine Verlobte.

Steve öffnete mir die Tür. Er sah furchtbar aus.

»Was willst du denn hier?«

»Ich wollte mit dir reden.«

Er schnaubte und ging zurück in sein Apartment. »Fühl dich ganz wie zu Hause.«

Steve ließ sich aufs Sofa fallen und ich schloss die Tür hinter mir.

Ich konnte noch überall unsere Bilder stehen oder hängen sehen. Er hatte sie noch nicht abgenommen. Gut, die ganze Sache war auch noch nicht lange her.

»Willst du auch einen?« Er hielt seinen Drink fragend hoch. Ich schüttelte den Kopf. Seit wann trank er denn?

»Dann habe ich mehr für mich.« Steve kippte sich den Drink sofort in den Rachen.

»Alkohol ist keine Lösung, Steve.«

»Wo hast du denn deinen Neuen gelassen?« Er ging gar nicht auf meine Feststellung ein. Musste er natürlich nicht, besser wäre es aber.

»Steve, es tut mir leid, wie das alles gekommen ist. Ich hätte das auch nicht gedacht, wirklich nicht. Aber ...«

»Ach, komm. Du musst mir hier nichts erzählen, nur um dein schlechtes Gewissen loszuwerden.«

»Aber ...«

Er wedelte mit den Händen. Wie viel hatte er schon getrunken? Nach der Whiskyflasche zu urteilen, hatte er über die Hälfte bereits intus.

»Hör auf, Annie. Vergiss nicht, dass ich dich kenne. Verschwinde einfach.« Er goss sich noch ein Glas voll ein.

Er hatte recht, er würde mir eh nicht zuhören. Und ehrlich gesagt, wollte ich so auch nicht mit ihm reden.

Also stand ich auf und ging wieder zur Tür.

»Ich wollte dir wirklich nicht wehtun, Steve. Wirklich nicht.«

»Mir tut es auch leid, wegen der Hand und so.«

Ich drehte mich wieder zu ihm um, blieb aber an der Tür stehen.

»Ich hätte dich nicht abfangen sollen. Gut, ich wollte wissen, was Logan dir sagt, und ... ach, ich habe mich in Lügen verstrickt. Ich wusste, dass er irgendwie ein Auge auf dich geworfen hatte, und ich bekam Panik ... es ist nicht optimal gelaufen für mich, würde ich mal sagen.« Er hob kurz den Verlobungsring vom Tisch auf, den ich ihm zurückgegeben hatte.

»Ich hätte nicht so lange hin und her überlegen sollen. Ich habe da genauso viel Schuld dran, wie du. Findest du nicht auch?«

Er lächelte, das erste Lächeln seit Langem.

Steve stand auf und kam zu mir.

»Bist du jetzt mit ihm zusammen?«

»Bitte, Steve. Ich möchte nicht über ihn reden. Ich bin wegen dir hergekommen.«

»Wirklich?«

»Natürlich.«

Und dann küsste er mich plötzlich und presste mich an die Wand.

Instinktiv drückte ich mich von ihm weg. Und tatsächlich konnte ich ihn von mir schubsen.

»Spinnst du jetzt total?«

»Bist du nicht deswegen hier?«, fragte er mich überrascht.

»Ich habe dir gerade gesagt, dass ich mich entschuldigen wollte, weil alles so schiefgelaufen ist und du das mit Logan so erfahren musstest.«

Ich wischte mir die Lippe mit meiner Hand ab. Er schmeckte nach viel zu viel Alkohol.

Steve fuhr sich frustriert durch die Haare.

»Geh jetzt, Annie.«

Logan

Immer noch saß ich an der Bar und starrte weiterhin meinen ersten Drink an.

»Ruf sie doch an und rede mit ihr. Klärt das einfach, Alter.«

Eddy versuchte mich die ganze Zeit zu überreden, ich aber konnte wirklich nur darüber lachen. Für meinen Freund war es alles kein Problem, für mich schon. Es setzte mir ganz einfach zu, zu wissen, dass sie jetzt bei Steve war.

Viel zu viele Jahre schon verzehrte ich mich nach ihr.

Wie oft ich von ihr geträumt hatte ... Ich konnte es gar nicht mehr zählen. Und jetzt waren wir uns so nah gekommen und dann war sie wieder bei Steve. Allein. Wer wusste, was er bei ihr versuchte. Rein körperlich war sie ihm doch völlig unterlegen.

Scheiße. Ich musste zu ihr. Sie musste unbedingt beschützt werden!

»Ach, du Scheiße«, kam es plötzlich von Eddy.

Fragend sah ich ihn an. Er starrte zum Eingang.

»Da, Jenny ist wieder hier.«

Mein Blick glitt zur Tür.

Jenny, blond, schlank, Brüste. Ja, das war Jenny. Sie hatte das kürzeste Kleid in der Bar an und war auch mit Abstand das heißeste Teil hier.

Aber war das wichtig? Schon lange nicht mehr.

Wenn eine heiß war, dann nur Annie. Selbst meine Gedanken hatte sie bereits nur für sich.

Keine Ahnung, wann das Umdenken eingesetzt hatte. Aber Annie hatte mich wirklich verändert. Ich musste schmunzeln, als mir das bewusst wurde.

»Logan, du bist ja wieder hier? Du warst ewig nicht da«, kam sie direkt zur Sache und setzte sich zu uns.

»Hey, Jenny«, begrüßte ich sie.

Eddys Begrüßung fiel seufzend aus. Er mochte sie nicht, warum wohl.

»Hi. Ich bin eigentlich wieder auf dem Weg«, machte ich ihr sofort klar, damit sie nicht wieder anfing über alte Zeiten zu quatschen.

Jenny zog mich plötzlich in eine Umarmung.

»Wieso denn? Ich dachte, wir trinken einen zusammen. Wie früher?« Sie klimperte mit den Augen und drückte ihre Brüste heraus. Natürlich fing sie wieder damit an ... was anderes hatte ich überhaupt nicht erwartet.

Wir beide hatten öfter mal die Nacht zum Tag gemacht, aber es war klar, dass es nie etwas Ernstes war. Warum auch? Alle anderen waren ein Zeitvertreib gewesen. Annie war das nicht.

»Das ist lang her. Ich kann nicht.«

»Und wieso nicht?« Sie begann zu schmollen, ohne mich loszulassen.

»Gute Nacht, Jenny.«

»Warte.« Bevor ich mich ganz wegreißen konnte, hielt sie mich an einer Hand fest.

»Was denn noch?«, fragte ich genervt.

»Gib mir dann wenigstens einen Abschiedskuss.«

Innerlich fluchte ich, gab ihr dann aber einen Kuss auf die Wange. Bevor ich realisieren konnte, was sie da trieb, hatte Jenny bereits mein Gesicht an sich rangezogen und mir einen Kuss auf die Lippen gedrückt. Ich riss mich sofort von ihr los.

»Hast du sie nicht mehr alle?«

Jenny biss sich gekonnt auf die Lippen. »Uups.« Es tat ihr nicht im mindesten leid.

»Logan.« Annies Stimme kam von rechts. Sie stand vor uns und starrte Jenny und mich mit erschrockenem Gesichtsausdruck an.

Verflucht!

Annie war bereits rausgerannt, bevor ich überhaupt irgendwie reagieren konnte.

»Jetzt renn ihr schon hinterher, du Idiot«, rief Eddy mir zu.

Kapitel 32

Annie

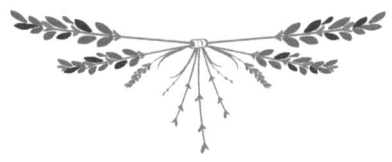

Sie hatte ihn geküsst. Diese dumme Kuh hatte Logan geküsst! Oder hatte er sie geküsst? Seufzend schüttelte ich den Kopf, als ich an den vielen Leuten vorbeiging, die den Abend in vollen Zügen in Manhattan genießen wollten.

Das hatte ich auch geplant ... nachdem das bei Steve so schiefgelaufen war. Ich wollte nur noch zu Logan.

Und da er nicht bei sich zu Hause und in der Kanzlei war, suchte ich ihn in der Bar auf. Ich wusste, er war früher immer wieder dort, wenn er mit seinem Vater Stress hatte. Ich hatte eigentlich gehofft, ihn hier nicht zu treffen.

Trotzdem war er doch dort, mit dieser Frau ... dieser schönen Frau.

Die Absätze meiner Schuhe waren laut auf dem Asphalt zu hören. Ich war so verdammt wütend und hatte dementsprechend einen festen Gang.

Warum hatte ich ihm vertraut? Ich nahm an, er hatte alles ernst gemeint.

Alles, was in den letzten Tagen und Wochen passiert war. Wir hatten Sex, verdammt guten, leidenschaftlichen Sex. Wieso also? Warum hingen seine Lippen an ihren?

»Verflucht noch mal, Annie. Bleib stehen!«

Ich musste mich nicht umdrehen, um zu sehen, dass es Logan war. Meine Schritte wurden immer schneller.

»Annie!«

Er berührte meinen Arm und ich wollte mich am liebsten irgendwo vergraben, damit er meine Tränen nicht sehen konnte.

»Das ... das war nicht das, wonach es aussah«, beteuerte er.

Ich schnaubte, während ich hoffte, dass nicht auch meine Nase gleich Dinge ausspuckte, die unangenehm waren und verdammt peinlich.

»Lag sie auf deinen Lippen, Logan?«

Frustriert seufzend fuhr er sich durchs Haar. »Ich habe das nicht kommen sehen, okay.«

»Schläfst du mit ihr?«, brach es aus mir heraus.

Wie dringend ich eine Antwort brauchte, wurde mir erst klar, als ich die Frage laut ausgesprochen hatte. Denn ich begann wieder an allem zu zweifeln, was uns betraf. An allem.

»Was? Zum Teufel nein! Ich habe sie seit Monaten nicht mehr gesehen, das musst du mir glauben!«

Er wollte mich berühren, doch ich schreckte zurück. Die Berührung würde wieder etwas auslösen, was ich ihm gerade nicht geben wollte.

Logan schloss kurz die Augen. »Annie, ich würde dir das niemals antun. Mir niemals antun.«

»Kann ich dir das wirklich glauben?«

Er schenkte mir seinen ehrlichen Blick. Aber in meinem Kopf spukte es herum. Wirst du ihm wirklich genügen?

»Natürlich kannst du das!«, behauptete er felsenfest.

»Und was machst du dann hier? Was machst du in dieser Bar?«

Verlegen rieb er sich den Nacken.

»Es war früher mein Zufluchtsort.«

»Das weiß ich«, fauchte ich wütend.

»Ja, aber du weißt nicht alles, Annie. Es gab eine Zeit, da waren die Abende in der Bar alles, was ich hatte.«

Sein Blick war traurig auf mich gerichtet. Oh Gott, wie er mich anschaute.

»Wieso hast du dich dann küssen lassen?«

»Meine Fresse, Annie. Jenny ist so. Sie und ich haben früher ab und an den Abend zusammen verbracht, und ...«

Das reicht schon. Mehr will ich gar nicht hören.

Ohne zu überlegen, ging ich weiter. Warum zum Teufel musste er mir das jetzt noch aufs Brot schmieren?

Wenn Logan von einer Ex redete, war ich schon früher davon genervt. Jetzt war ich mit den Nerven am Ende. Und so war ich nicht. Eifersucht, Zweifel ... Kein Mann brachte mich so aus der Fassung.

Entweder es war das schönste Gefühl, das er mir gab, oder das schlimmste.

»Lauf nicht immer vor mir weg, Annie!«, rief er mir nach, doch ich lief und lief durch die Menschenmenge. Natürlich fing es wieder an zu regnen. Als hätte selbst der Wettergott gerade etwas gegen mich. Trotzdem stoppte mich das nicht. Ich fühlte mich unwohl und wollte nur noch weg.

»Du rennst jetzt nicht mehr weg. Ich lass das nicht mehr zu!« Plötzlich spürte ich etwas am Arm. Er griff mein Handgelenk und zog mich mit sich. Ich konnte mich nicht mal wehren. Der Regen wurde stärker, wir waren klatschnass. Als wir um die Ecke bogen, befanden wir uns in einer ruhigeren Straße.

»Lass mich los, Logan!«

Er tat es, sah mich aber wütend an. »Hör auf, ständig vor mir wegzulaufen.«

»Wer knutscht denn mit einer anderen herum?«

»Weil du zu Steve gegangen bist!« Wir beiden feuerten uns irgendwas zu und doch konnte ich das Knistern zwischen uns nicht ignorieren.

»Den ganzen Abend über habe ich auf meinen Drink gestarrt. Eddy kam dazu, und mir wurde langsam klar, dass dieser Platz mir nichts mehr gibt.« Seine Schultern wirkten plötzlich kleiner. Sein Gesichtsausdruck viel weicher. »Mein Platz ist bei dir, Annie. Das war immer so und das wird es immer sein.«

Der Regen prasselte wieder unaufhörlich zu Boden. Wenige Fahrzeuge fuhren an uns vorbei.

Logan verlor nicht oft die Fassung, überspielte sie oft mit viel zu blöden Sprüchen, Sarkasmus oder war einfach ganz ruhig und in sich gekehrt. Aber das jetzt ... war anders.

»Ich habe stundenlang den Drink angestarrt und immer daran denken müssen, dass du bei ihm bist und nicht bei mir. Ich dachte, ich hätte dich wieder verloren und deswegen bin ich zur Bar.«

»Du hast mich nicht verloren«, antwortete ich ihm, konnte mein leises Schluchzen aber kaum verstecken.

»Aber du bist zu ihm gegangen, allein.«

»Weil das eine Sache zwischen Steve und mir ist. Ich habe die Hochzeit platzen lassen und ihn damit verletzt. Was glaubst du, was passiert wäre, wenn du dabei gewesen wärst? Meinst du, das, was vor meiner Haustür passiert ist, soll sich wiederholen?«

Ich betrachtete die blauen Flecken in seinem Gesicht, die von seiner Prügelei mit Steve stammten. Wenn sie wieder aufeinander losgegangen wären, hätte ich mir das niemals verzeihen können.

Wieder fuhr er sich durchs Haar. Sie waren nass, seine Frisur hatte jetzt etwas Wildes und Animalisches an sich. Aber darauf durfte ich mich nicht konzentrieren. Es gab etwas zu klären. Und auch wenn ich jetzt weniger wütend auf ihn war, ich war es noch!

»Hast du es klären können?«, fragte er mich und diesmal war seine Stimme völlig ruhig. Er strengte sich an, ruhig zu bleiben. Das war mir klar und ich dankte ihm dafür.

Ich dachte zurück an Steves Anblick, den Alkohol, seine Wut und den erzwungenen Kuss. Da ich nicht sofort antwortete und ihn einfach mit offenem Mund anstarrte, bemerkte er sofort meine Veränderung.

»Hat er dir was getan?« Er klang besorgt.

Hastig schüttelte ich den Kopf.

»Nein, nein. Er war nur angetrunken und hat nicht gewusst, was er tut.«

»Was hat er getan?« Jetzt klang er weniger besorgt, sondern wütend.

»Gar nichts, okay. Ich werde ihn auf keinen Fall wiedersehen.«

»Sicher?« Logan klang total unsicher. Er hatte wirklich Angst, dass ich zu ihm zurückging.

Konnte es sein, dass er genauso unsicher war wie ich?

»Logan, er war für eine längere Zeit Teil meines Lebens. Und in der Zeit dachte ich, würde er derjenige sein, mit dem ich den Rest meines Lebens verbringen würde. Aber er ist nicht du. Das alles will ich mit dir.« Sein Kiefer spannte sich merklich an. Er sah toll dabei aus. So animalisch.

»Er war für eine kurze Zeit für mich da, du bist es aber schon so verdammt lange, dass ich nicht mal mehr weiß, wie ich leben soll, wenn du nicht mehr in meiner Nähe wärst.«

Mein Herz schlug schneller. Ich öffnete mich ihm. So etwas hatte ich noch nie zu einem Mann gesagt. Aber es war das Richtige. Logan verdiente das.

»Ich werde immer da sein«, antwortete er mir ehrlich und mit so einer Entschlossenheit in der Stimme, dass ich einfach lächeln musste.

Und da schenkte er mir auch wieder dieses Lächeln, das mich immer wieder zum Schmelzen bringen würde.

»Für den Rest unseres Lebens also ...«, sprach er mit einem merkwürdigen Unterton in der Stimme.

»Klingt das so bescheuert?«, fragte ich ihn.

Logan nahm meine Hände in seine und kam mir endlich so nah, dass ich ihn am Körper spüren konnte. Sofort sprangen die Funken zwischen uns herum.

»Ich glaube, dass das nach allem Möglichen klingt, nur nicht bescheuert!«

Und schon wieder schmolz ich dahin.

Logan küsste mich sanft, so sanft, dass meine Lippen leicht zitterten, als er mich wieder anschaute. »Lauf nie wieder weg von mir, Annie. Ich ertrag das nicht, wenn du mich verlässt.«

Ich nickte. Mir stockte gerade die Stimme. Ich konnte einfach nichts sagen, wenn ich in sein schönes Gesicht sah.

»Nie wieder wird sich jemand zwischen uns stellen. Das lass ich auf keinen Fall mehr zu. Keine Jenny, kein Steve. Niemand.« Er packte mich an den Hüften und drückte mich fest an sich. Ich roch ihn und sofort fühlte ich mich wohl. Auch wenn wir total durchnässt waren und der Regen noch immer anhielt, genauso hatte ich es mir zwischen uns gewünscht.

Logan strich mir die Haare aus dem Gesicht und lächelte kurz, als würde ihm etwas klar werden. »Gehörst du zu mir, Annie?«

Ich nickte, brauchte nicht mal zu überlegen. Logan grinste.

»Und ich gehöre dir für den Rest unseres Lebens.«

Den letzten Satz betonte er und schaute mich dabei so intensiv an, dass ich fast weggesehen hätte.

»Heirate mich, Annie.«

Ich schnaubte.

»Dein Humor war aber auch schon mal besser.«

Mir fiel erst wenige Sekunden später auf, dass er nicht lachte.

»Logan?«

Er seufzte, und plötzlich hörte der Regen auf.

Da standen wir also klatschnass und schauten uns an.

»Dir ist schon klar, was du da gerade gefragt hast?«, fragte ich ihn entsetzt.

Logan nickte nur, ohne mich aus den Augen zulassen.

»Logan, du machst mir Angst.« Ich klang schon leicht panisch. Und das bemerkte er, denn sofort wurden seine Gesichtszüge weicher.

»Ich will alles, dir aber sicher keine Angst machen.« Er nahm es immer noch nicht zurück.

»Dann nimm es zurück«, stotterte ich.

»Zurücknehmen?«

Jetzt sah er aus, als hätte ich ihm eine verpasst.

»Ja«, antwortete ich ihm unsicher.

Es dauerte einen Moment, bis er sich wieder gefangen hatte.

»Ich nehm es auf keinen Fall zurück!« Er wirkte entschlossen.

»Du ... du willst es nicht zurücknehmen? Bist du betrunken?«

Logan lachte kurz laut auf. »Ich bin stocknüchtern!«, behauptete er dann noch.

»Dir ist schon klar, dass ich erst vor wenigen Stunden meine Verlobung mit Steve aufgelöst habe.«

Er musste sich doch noch daran erinnern.

Ohne zu zögern zuckte Logan mit den Schultern. »Das ist mir bewusst.«

»Und wieso fragst du mich so etwas dann?«, fragte ich ihn noch aufgebrachter. Ich nahm Abstand zwischen uns. »Darüber macht man keine Witze, Logan.«

»Auch das ist mit bewusst«, wiederholte er, klang aber total ruhig dabei. Wieso war dieser Idiot so ruhig?

»Bist du high?«

Logan schmunzelte belustigt und stemmte die Arme in seine Hüften. »Nein.«

»Ja, dann verstehe ich nicht, wieso du mich das gefragt hast.«

»Puh, ich weiß nicht, Annie.« Er ließ seinen Blick durch die Gegend schweifen, bis er mich wieder ansah. »Vielleicht weil ich dich heiraten will?«

Mein Blut erstarrte, der Puls war weg. Ich musste mich verhört haben. Jepp. Daran lag es.

Mit den Händen fuhr ich mir durch die Haare und klemmte sie hinter die Ohren.

»Hör auf damit«, fuhr ich ihn wieder an.

»Warum?«

»Über so etwas macht man keine Witze, okay.«

»Jetzt hörst du mir mal zu, Annie. Ich weiß, dass die Dinge, die sich zwischen uns entwickelt haben, dir beschissene Angst machen. Kein Wunder, wenn ich dich immer im Stillen nur angestarrt habe und gehofft hatte, du würdest es bemerken. Im Grunde bin ich da selbst schuld, weil ich es jetzt erst geschafft habe, dir das zu sagen. Aber weißt du, ich habe keine Angst mehr. Und dir ist klar, dass ich immer jemand war, der Angst hatte vor Veränderungen. Meine Zukunft war immer schon klar geregelt. Ich schließe das College ab, das Studium und steige in die Kanzlei meines Vaters ein. Genau das war der Plan, und weißt du, was dann passiert ist?«

Ich schüttelte den Kopf und sah in sein wunderschönes Gesicht, das voller Energie nur so zu sprühen schien. Er lächelte und seine Augen leuchteten, obwohl es bereits dunkel war und hier kaum Laternen standen. Und dennoch konnte ich es sehen.

»Du bist passiert, Annie.« Mir stockte kurz der Atem. Er klang so aufrichtig.

»Du standst da in der Schlange vor mir, bei der Anmeldung vor dem College und hast mir Paroli geboten. Und Mann, keine Frau tat das, außer, um mich beeindrucken zu wollen. Aber du hast nicht mal mit der Wimper gezuckt, als ich dich angemacht habe. Ich meine, meine Show war nicht übel.«

»Du hast mich angemacht?«, fragte ich ihn verwirrt.

Logan lächelte amüsiert. »Natürlich habe ich das.«

»Aber ... ich dachte ...«

»Du denkst zu viel, Annie. Du bist mir sofort

aufgefallen, und trotzdem war es für mich zu früh, um zu begreifen, dass ich längst die Richtige gefunden hatte. Das hat sich alles mit der Zeit ergeben. Jake, meine ganzen Weibergeschichten. Wir fanden nie den richtigen Moment ... bis auf den einen.«

Logan, 2 0 0 9

Sie lag neben mir. Nackt. Sie war so betrunken gewesen, dass sie nach dem Sex direkt eingeschlafen war.

Ich starrte die Decke an.

Ihr Haar war leicht zerzaust, ihr Atem ging schwer. Sie musste völlig fertig sein.

»Was mach ich nur?«, sprach ich mit mir selbst und fuhr mir durchs Gesicht.

Annie brummte auf einmal leise. »Was ist los?«

Sie war noch immer betrunken, so wie sie sprach. Ihre Augen waren geschlossen, als würde diese Haltung entspannter für sie sein.

»Nichts …« Ich strich ihr eine Strähne aus dem Gesicht, und sie reagierte, indem sie leicht lächelte. Irgendwann öffnete sie langsam die Augen.

Unsere Blicke trafen sich und mir stockte der Atem für einen Moment.

»Was ist?«, fragte sie mich grinsend.

Ich zuckte leicht mit den Schultern. »Keine Ahnung, ich … ich hätte nie gedacht, dass wir hier landen.«

»Weil?«

»Weil du so viel besser bist als ich«, antwortete ich ihr.

Und das stimmte, dachte ich. Sie war so herzensgut, so liebevoll. Das, was sie im betrunkenen Zustand gesagt oder getan hatte, war sie nicht. Sie würde das niemals tun. Auch wenn ihm diese Annie jetzt das gegeben hatte, was er schon immer wollte.

Allein der Schmerz, sie wieder gehen zu lassen, brachte mich halb um.

»Du bist bescheuert«, lächelte Annie.

»Wieso?«

Jetzt zuckte sie mit den Schultern. »Weil du gar nicht weißt, wie toll du bist. Ich weiß, dass du oft nur so cool tust. Mir kannst du nichts vormachen.«

Mein Puls schlug immer noch viel zu schnell. Normalerweise wäre ich jetzt schon wieder in meinem Zimmer.

Nach dem Sex war ich meist so ausgeglichen, dass ich die Frau nur noch loswerden wollte. Aber wenn Annie so neben mir lag, nackt unter der Decke, und mich anlächelte, konnte ich an nichts anderes denken, als wieder in ihr zu sein. Damit sie für diesen einen Augenblick wenigstens mir gehörte.

Sie schloss wieder die Augen und schlief selig ein. Ich beobachtete sie weiter, prägte mir ihr Gesicht noch ein bisschen länger ein. Dann stützte ich mich mit dem Ellbogen ab. So würde ich sie vielleicht nie wiedersehen. Nackt in meinen Armen.

»Auch wenn du morgen nichts mehr weißt oder Jake wieder vor deiner Tür steht. Ich liebe dich, Annie.« Die Worte purzelten einfach so aus mir heraus. Als müssten sie endlich gesagt werden.

Ich strich ihr langsam und zärtlich über das Gesicht. »Und ich würde alles dafür geben, wenn du irgendwann zu mir gehörst. Auch wenn du das nüchtern anders siehst. Ich warte. Ich warte so lange, bis ich es wert bin, der Mann für dich zu sein.«

Als Antwort bekam ich ein leises Seufzen.

Kapitel 33

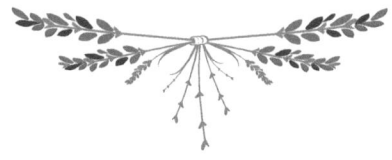

Ich schloss meine Haustür auf und trat ein. Logan folgte mir. All die Jahre waren wir Freunde gewesen und immer wieder offenbarte Logan mir Dinge, wichtige Dinge, die unsere Freundschaft in ein ganz anderes Licht rückten. War es überhaupt jemals Freundschaft? War es immer schon mehr gewesen?

»Annie?« Logan riss mich aus meinen Gedanken, als ich die Tasche von mir warf. Ich war total durchnässt. Schon wieder. Logan sah nicht anders aus. Seine Haare und Kleidung tropften den kompletten Teppich voll.

Verunsichert musterte er mich.

»Sag was, irgendwas«, bat er mich.

»Findest du es nicht komisch?«

Logan schaute verwirrt aus. Also wollte ich es ihm erklären.

»Wir waren vor wenigen Wochen nur Freunde. Das dachte ich zumindest, und jetzt ist das zwischen uns.« Ich zeigte auf ihn und mich.

Logan starrte mich weiterhin an, während ich die nassen Klamotten bis auf die Unterwäsche auszog.

»Du hast jedes Mädchen aufgerissen. Ich habe sie dir fürs zweite Date ferngehalten, weil ich wusste, du hast kein Interesse. Ich meine, weißt du eigentlich, wie viele Taschentücher ich immer abgeben musste?« *Ja, ich rede mich gerade in Rage.*

»Oftmals kamen Mädels sogar in meinen Kurs, um sich Tipps abzuholen, wie sie dich rumkriegen könnten.«

Ich machte einen angeekelten Ausdruck. Als ich erneut zu Logan sah, stand er immer noch an der Tür und musterte mich schmunzelnd.

»Was?«

»Ich weiß nicht, was süßer ist. Dass du tatsächlich die Kupplerin gespielt hast oder dass du dabei jetzt *so* vor mir stehst.«

Logan deutete auf meinen Körper. Ich stand nur noch in Unterwäsche da.

»Siehst du, das hat sich geändert, Annie. Wir sind vertraut miteinander, wie früher. Wir verstehen uns, wie früher. Nur dass wir jetzt wissen, dass wir uns auch lieben. Für mich stand das schon sehr lange fest. Ich wusste es, nachdem mir klar war, dass du verdammt noch mal nicht zu diesen dummen Hühnern gehörst, meine Sprüche nicht als Anmache siehst und ich so scheißgroßes Glück habe, dass du in meiner Nähe bist. Nachdem wir die Nacht miteinander verbracht hatten, war mir aber klar, dass ...«, er schien einen Moment darüber nachzudenken, »...du von mir nicht viel erwartest. Ich war ja auch immer nur Logan, der belanglosen Sex wollte. Wenn ich dir damals, morgens, nach dem Aufwachen alles erzählt hätte, wärst du schreiend davongelaufen. Das weißt du, Annie.« Ich nickte. Er hatte recht. Logan kannte mich zu gut.

»Und ich war auch noch nicht so weit. Ich wusste nicht, wie ich mit meinem Vater umgehen sollte, genauso wenig, wie ich das mit dir angehen sollte. Richtig angehen, verstehst du. Jetzt, Jahre später, weiß ich, wer ich bin und was ich will. Vor allem, was ich nicht will, ist mir mittlerweile klar geworden.« Er holte noch mal tief Luft. »Ich will nicht ohne dich sein, Annie. Ich will dich. Als meine beste Freundin, meine Geliebte, meine Frau.«

Mir stockte der Atem bei seinem letzten Wort. »Und wenn es nicht klappt?« Ich fragte vorsichtig, fast schon ängstlich nach.

Er lächelte voller Zuversicht. »Es hat so viele Jahre geklappt, Annie. Besser sogar. Du warst die einzige beständige Frau in meinem Leben. Meine Mutter zählt nicht.«

Ich grinste. *Da ist er also wieder, Logan, der Sprücheklopfer.*

»Ich weiß, dass du Angst hast. Angst, dass unsere Freundschaft danach zerbricht. Aber weißt du, was ich glaube? Dass wir erst Freunde sein mussten, um zu sehen, ob unsere Liebe stark genug ist.«

»Hast du nicht mal gesagt, dass wir gar keine Freunde sind?«, fragte ich nach.

Ich grinste, er auch.

»Das hast du auch gesagt. Aber vermutlich lag es daran, dass ich diese verdammt sexy Stimmung zwischen uns gespürt hatte, als ich dir das gesagt habe.«

Und da war der andere Logan. Der Macho Logan, der mir mittlerweile auch mehr als gefiel. Es war der Hammer, dass er mich jetzt mit diesem heißen Blick anschaute. Nur mich.

»Außerdem habe ich ja wohl jetzt genug gewartet, oder?«, fragte er mich weiter grinsend.

Fragend schaute ich ihn an.

Logan zog den Mantel aus. »Ich erkläre dir hier seit ungefähr zehn Minuten, dass du die Eine für mich bist und du stehst hier halbnackt vor mir und ich kann dich nicht berühren. Ich finde, die Willensstärke reicht für heute, oder?«

Sein Blick war heiß und ruhte auf mir, während er sich seiner Klamotten entledigte. »Auch wenn du mir noch immer keine Antwort auf meine Frage gegeben hast, weißt du, dass du mich heiraten wirst. Wir werden zusammen sein, Spaß haben, uns lieben. Und verdammt noch mal, ich werde dir Kinder schenken, die hoffentlich so aussehen wie du und sich auch so verhalten.«

Es mag verrückt klingen, aber all diese Sachen waren die wunderschönsten, nein, tollsten Dinge, die je jemand zu mir gesagt hatte. Ich sah neugierig dabei zu, wie er sich bis auf die Boxershorts auszog.

»Wie kannst du dir in allem so sicher sein?«, fragte

ich ihn. Die Frage brannte schon so lange in meinem Kopf.

Logan sah mich jetzt etwas weniger leidenschaftlich an, da war aber etwas anderes. Sein Blick wirkte sanfter.

»Bin ich mir nicht. Ich weiß einfach nur, dass ich nie jemand anderen lieben werde.«

Dann stürzte er sich auf mich, seine Lippen trafen auf meine. Der Kuss hatte nichts liebevolles. Wir sprachen hier von purer Leidenschaft.

Logan hob mich sofort hoch, um mich auf die Couch zu legen. Dieser Mann war so stark, besitzergreifend und einfach wundervoll. Ich fühlte mich so geborgen.

Unglaublich, dass wir uns gefunden hatten. Zuerst als Freunde, dann als Liebende. Er liebte mich. Er wollte mich.

»Du schmeckst so wundervoll«, flüsterte er mir ins Ohr, während er meinen BH öffnete.

»So zart, rein und süß. Alles an dir ist verdammt noch mal das reinste Glück für mich«, sprach er fast schon im Wahn.

Ich kicherte, als er meine Brustwarze liebkoste, leckte und kurz hineinbiss.

»Nimm mich, Logan. Bitte.« Ich flehte, ja, aber das war mir egal. Logan und ich hatten heute zu viel durchgemacht. Zu viele Gefühle, Diskussionen und Missverständnisse, die hier hoffentlich ein Ende fanden.

»Ich will dich auch, Annie. Aber ...«

»Nichts aber. Wir haben den ganzen Tag nur

geredet, jetzt nimm mich endlich.« Ja, ich klang leicht frustriert. Vielleicht auch panisch. Aber ich wollte ihn. Brauchte ihn. Jetzt.

Logan grinste wieder sein böses Grinsen. »Unersättlich, was?«

»Wenn es um dich geht: immer.« Dann küsste ich ihn, erst sanft, als würde ich es so wollen, doch dann drängte meine Zunge in seinen Mund und sein Stöhnen gab mir noch mehr Motivation.

Seine Erektion drückte sich an meinen Bauch.

Logans Griff um meine Haare wurde fester, der Kuss intensiver. Ein animalisches Gefühl. Logan streichelte meine Brust, dann meinen Bauch, bis er hinunter zu meinem Höschen kam. Ich war feucht und bereit. Meine übliche Reaktion, wenn es um Logan ging.

»Bereit für mich«, bestätigte er leise und zog seine Shorts herunter.

Ja!

Er las die Antwort aus meinem Gesicht. Genau das war es, was uns verband. Diese Liebe und diese Leidenschaft. Wundervoll.

Logan stieß in mich. Ich schrie kurz auf, um mich an ihn zu gewöhnen. Er füllte mich voll aus. Stirn an Stirn verharrten wir so.

»Alles okay?«, fragte er leise.

Ich nickte und langsam begann er sich in mir zu bewegen.

»Es fühlt sich so gut an, in dir zu sein, Annie. Das glaubst du einfach nicht.«

»Ja«, stöhnte ich und ließ mich gehen. Immer wieder stieß er zu, berührte und küsste mich. Ich fühlte mich ihm so nah.

Wir könnten alles schaffen. Wir würden Freunde bleiben und Liebende. Logan und ich waren verdammt noch mal nicht wie jedes Paar.

Das war das Besondere zwischen uns. Einen Moment später überkam mich der Orgasmus, den ich so dringend brauchte. Und auch Logan fand die Erlösung wenige Stöße später. Er küsste mich leicht, als er über mir zusammenbrach.

Logan legte sich neben mich, als er sich aus mir herauszog, und grinste mich spitzbübisch an. Ich biss mir verlegen auf die Lippe. Ich hatte ihn überfallen, er wollte mehr Vorspiel. Und danach überkam mich ein schlechtes Gewissen. Vertauschte Rollen. Ich kicherte.

»Was ist?«, fragte er mich.

»Ich habe dich überfallen.«

»Ja, das hast du. Aber ich wäre kein Mann, wenn ich nicht sagen würde, dass es einfach wunderschön war.«

Ich lief mit Sicherheit rot an.

»Und jetzt, wo wir den Druck erst mal abgelassen haben, sollten wir mal über das Reden, über das wir vorhin gesprochen haben.« Er klang ernster, als er sollte.

Logan streckte sich zu seiner Hose rüber und holte etwas aus seiner Tasche. Mit der Hand berührte er meinen Bauch und lächelte übermütig zu der Stelle.

Ich folgte seinem Blick und hielt dem Atem an. Ein kleiner Brillantring lag auf meinem Bauch. Ein verdammter Brillantring!

Epilog

Logan
Fünf Monate später:

Sie hatte mich überredet. An dem Tag, an dem meine beste Freundin endlich mir gehörte, war ihr klar, dass alles nach ihren Bedingungen passieren würde.

Ich erinnere mich noch gut daran, wie sie den Brillantring in den Händen hielt und mich ungläubig anstarrte. Ich erinnerte mich noch, wie ich mir vor Angst, sie könnte Nein sagen, fast schon in die Hosen gemacht hatte. Hätte ich welche getragen.

Annie ließ sich Zeit mit einer Antwort. Viel Zeit.

Am liebsten hätte ich sie damals schon sofort geheiratet. Gedanklich war alles bereits geplant.

Aber Annie war nun mal Annie. Sie zögerte erst und doch willigte sie überglücklich ein, als ihr klar wurde, dass ich es ernst meinte.

Wir feierten die ganze Nacht über, zu zweit versteht sich. Denn wenn eines in den letzten Jahren zu kurz kam, dann der Sex mit ihr.

Sie danach in den Armen zu halten, zu wissen, dass sie jetzt mich liebte und dass ich dafür sorgen würde, dass das verdammt noch mal auch so bleiben würde, war einfach ein unbeschreibliches Glücksgefühl.

Natürlich war Annie wieder so stur und wir heirateten nicht in Vegas. Das schlug ich ihr nämlich an dem Morgen nach meinem Antrag vor. Denn auch wenn ich der ungezwungene, spontane Teil unserer Beziehung war, Annie war das schlaue Köpfchen, die ruhige und doch liebevolle Seele von uns beiden.

Sie fand es unpassend, mich so schnell zu heiraten, wenn die Verlobung mit Steve nicht mal 24 Stunden zuvor gelöst worden war.

Mir war Steve ehrlich gesagt scheißegal, aber Annie nicht. Und sie wollte nicht noch tiefer in der Wunde stochern, auch wenn ich es gern getan hätte.

Als wir beide es dann unseren Eltern sagten, nun ja … es war eine Überraschung. Annies Eltern waren nur telefonisch zu erreichen. Das wiederum war keine Überraschung.

Sie sprach ihnen auf den Anrufbeantworter. Wochen später kam dann auch mal eine Reaktion. Sie wollten wissen, was jetzt mit dem bereits gekauften Hochzeitsgeschenk passieren würde.

Da wir nichts anderes erwartet hatten, war ich umso glücklicher, dass meine Mutter sie überschwänglich in der Familie begrüßt hatte.

Klar, Annie war früher genauso willkommen, nur diesmal als Schwiegertochter. Meine Mom war völlig aus dem Häuschen, auch wenn sie mir mindestens fünfzigmal gedroht hatte, ich sollte die Sache bloß nicht vermasseln.

Meinem Vater war natürlich nichts anzusehen. Außer der Enttäuschung, dass sein einziger Sohn nicht seine Nachfolge antreten würde, interessierte es ihn nicht wirklich, dass ich meine bessere Hälfte gefunden hatte. Aber das war nun Vergangenheit. Nie wieder würde ich mir einbilden, dass mein Vater so etwas wie Gefühle zeigen könnte. Mom war da anders, und Annie war jetzt ... sie war jetzt mein.

Und jetzt stand ich hier und wartete auf meine Braut. Ich wippte die ganze Zeit mit den Beinen hin und her, weil ich schweißnasse Hände bekam, sobald ich zu dem langen Gang schaute, in dem sie gleich stehen würde.

Es sollte keine übergroße Feier werden, deswegen waren nur fünfzig Gäste eingeladen. Aber fünfzig reichten aus, die mich anstarrten, um mich vollends fertig mit den Nerven zu machen.

Annie und ich wollten gerne im Freien heiraten. Also standen wir jetzt hier, in einem Landhaus in den Hamptons. Das Wetter war für September mild und wolkenlos. Perfekter konnte es kaum laufen.

Die Musik begann, die Gäste drehten sich zum Haus um, weil die Türen sich öffneten.

Ich zog mir zum tausendsten Mal meinen Smoking zurecht. Jetzt ging es endlich los.

Annie würde meine Frau werden. Mir gehören. Für immer.

Als erstes trat Annies Cousine Beth vor, sie war wie Gigi eine der Brautjungfern. Danach kam Gigi, die sich neben mich stellte. Sie war Annies Trauzeugin.

Dann ging ein Raunen durch die Gäste, weil Annie erschien, begleitet von ihrem Dad, der doch noch zur Hochzeit aufgetaucht war. Niemals im Leben hätte ich zugelassen, dass sie zu ihrer eigenen Hochzeit allein zum Altar treten musste.

Ich erinnerte mich noch an das Gespräch mit ihm.

»Annie ist Ihre einzige Tochter und sie wird heiraten. Wenn Sie jetzt nicht kommen, wird sie Ihnen das niemals verzeihen. Ich werde sie glücklich machen, Sir. Deswegen werden Sie hier auftauchten, Ihre Tochter zu mir führen und dann liegt es an Ihnen, wie Sie ab sofort zu ihr stehen wollen. Ich werde Sie nicht von ihr fernhalten, aber ich werde auch nicht zulassen, dass Sie meine Frau weiterhin so behandeln.«

Ihre Augen funkelten, als sich unsere Blicke trafen. Sie war mir dankbar. *Gott, für dich tue ich alles.*

Annie hatte ihre Haare hochgesteckt. Ihr Kleid, das bodenlang war, fiel so galant, als wäre sie eine Königin. Meine Königin. Sie war wunderschön. Kaum zu glauben, dass sie jetzt auf mich zuging und mich heiratete.

Sie grinste, während sie weiter auf mich zulief. Ich tat es ihr gleich.

Die letzten fünf Monate waren bisher schon die schönsten meines Lebens gewesen. Alles, was davor war, die Zeit vorher, mit Annie als beste Freundin, war nur die Probe, die man uns stellte. Könnten wir über

Freundschaft hinaus wirklich zusammenbleiben? Und die Antwort war verdammt noch mal ein klares und fettes JA. Das konnten wir!

Ich dachte immer, das Leben wäre vorbei, wenn man sich irgendwann Frau und Kinder anlachen würde. Das dachte zumindest mein 19-jähriges Ich.

Dieses Ich kostete mich viele Jahre, ohne Annie an meiner Seite. Sie war meine beste Freundin, ja, aber damals gehörte sie mir einfach nicht.

Jetzt konnte ich mir sogar Kinder vorstellen. Kinder. Fremde Kids, ja, die gingen mir auf den Geist, aber wenn ich überlegte, dass wir beide welche hätten, musste ich lächeln. Ein Mädchen mit ihrer spitzen Zunge oder ein kleiner Junge, der ihre Augen hatte ... ein toller Gedanke, der mir nicht mal ansatzweise Angst machte.

»Hey«, begrüßte ich sie mit zittriger Stimme, als ihr Dad sie mir übergab.

»Hey.« Annie klang genauso nervös. *Gott sei Dank.*

»Wunderschön«, flüsterte ich ihr zu und wir stellten uns dem Pfarrer gegenüber.

»Und du erst«, antwortete sie mir.

»Bereit?«, fragte ich sie und brauchte noch einmal die Bestätigung. Klar, sie stand hier, war nicht abgehauen, aber verdammt noch mal: Ich musste es erneut hören. Statt weiter in meinem Arm eingehakt zu sein, verschränkte sie meine Hand mit ihrer und zwinkerte mir zu.

»Schon viel zu lang.«

Ende

Nachwort

Die Geschichte von Annie & Logan war mein erstes Selfpublisher-Werk und hatte es verdient, noch mal völlig »neu« auf euch losgelassen zu werden.

Ich hoffe, es hat euch gefallen und ihr habt auch einen besten Freund, den ihr lieben könnt. Ob es nun für mehr reicht, bleibt euch überlassen.

Meine Familie hat mich wie immer so mega unterstützt. Ich habe momentan so wenig Zeit, und doch seid ihr da für mich. Ich liebe euch!!!

Allen Beteiligten an diesem Buch danke ich auch! Es ist nicht immer einfach, etwas »Altes« »neu« aufzulegen. Man braucht viel Zeit, Geduld und auch eine Portion Fantasie, um noch mal alles aus der Geschichte herauszuholen.

Das habt ihr wirklich super gemacht.

Ob Lektorin, Korrektorin, Coverdesigner oder Testleser ... danke für euren Job!

Natürlich danke ich auch noch euch als Leser. Es ist nicht selbstverständlich, dass ihr meine Bücher lest. Ich weiß, dass ich ohne euch niemals so viel veröffentlichen und so viel schreiben könnte.

Vielen lieben Dank dafür!

Eure Emma

Weitere Infos über Emma gibt es auf ihrer Facebook-seite:
https://www.facebook.com/EmmaSmithAutorin/
oder auf Instagram:
https://www.instagram.com/emmasmithautorin/

Prolog
Vor einem Jahr

Gin

Ich starrte Beth an. Wohlgemerkt: immer noch.

»Wiederhole das bitte noch mal.«

Sie hatte mich um Mitternacht angerufen und wollte sich unbedingt in diesem heruntergekommenen Diner treffen. Jetzt saß ich hier in Schockstarre und wusste echt nicht, was gruseliger war. Der rabenschwarze Kaffee, in dem der Löffel praktisch stand, oder eben sie.

Beth rollte mit den Augen. »Also, mein Dad hat diesen alten Benzinkanister in seiner Garage herumstehen, er braucht ...«

Ich hob die Hand, damit sie aufhörte. »Den Teil habe ich schon verstanden. Aber der andere Teil, als du mir weismachen wolltest, dass du in Corey Winters Wohnung eingebrochen bist und diese eben genannte Bude abfackeln wolltest, will nicht so wirklich in meinen Kopf.«

Sie schnaubte. »Ich kam doch nur bis in den Flur!«

»Du kamst nur in den Flur? Das ist deine Antwort?«

»Er hat mich erwischt.«

»Winter hat dich erwischt?«, wiederholte ich wie ein Papagei.

»Jepp«, antwortete sie und nippte an ihrem Kaffee. Ob dieser Kaffee jetzt wirklich das Richtige war?

»Er hat nicht die Cops gerufen?«

Sie schüttelte seelenruhig den Kopf.

»Herrgott, Beth! Warum hat er das nicht getan?«

»Der Mülleimer brannte, er war abgelenkt.«

»Der Mülleimer ...« Ich konnte den Satz nicht mal mehr beenden.

Vor genau drei Wochen hatte ich Beth vor den Jungs gewarnt. Als sie mich das erste Mal in Sport angesprochen hatte, wusste ich noch nicht, dass sie durchgeknallt war. So verrückt, dass sie dachte, einen Typen wie Corey Winter umpolen zu können. Ich fand sie nett, man quatschte während der Sportstunde immer mal wieder, aber das jetzt?

Ich hatte mir Sorgen gemacht, weil sie mich um kurz nach elf angerufen hatte. Und nur, um herauszufinden, dass sie auch eines dieser naiven Dinger war, die es einfach nicht raffen wollten.

»Du weißt schon, dass du ein Verbrechen begangen hast, Beth. Das weißt du doch, oder?«

Vielleicht wusste sie es nicht. Vielleicht war sie unzurechnungsfähig. Hatte eine psychische Störung oder etwas anderes.

»Er hat es nicht anders verdient, Gin. Ehrlich jetzt!«, feuerte sie zurück.

Okay, sie war wütend. Damit konnte ein qualifizierter Therapeut doch arbeiten!

»Es ist Winter, Beth«, versuchte ich ihr es etwas

sanfter beizubringen. Nicht, dass ich es nicht schon seit drei Wochen versuchte. Aber hey! *Wer nicht wagt, der nicht gewinnt.*

»Jetzt weiß ich das auch! Dieser Mistkerl ...«

»Du solltest einfach hoffen, dass *dieser Mistkerl* dich nicht anzeigt.«

»Das soll er sich mal wagen!«

Beths Augen glühten vor Wut und ich seufzte. Tat ich nicht seit fast drei Jahren alles, damit ich in diesen Collegekindergarten nicht mit hineingezogen wurde? Klappte ja super.

»Gin.« Sie biss sich auf die Unterlippe und sah mich erwartungsvoll an. Wieder seufzte ich, weil jetzt sicher etwas kam, das ich nicht mögen würde.

»Raus damit.«

»Wenn er mit mir reden will, würdest du ...«

Eigentlich sollte sie sich mehr Sorgen um die Cops machen, aber gut ... ich konnte sie schon verstehen. Wenn sie nicht gerade dabei war, Winter schöne Augen zu machen, war Beth eher schüchtern. In dem Moment, als Winter seine Krallen nach ihr ausgestreckt hatte, wurde aus der süßen Beth eine Verrückte, die sich jetzt in Schwierigkeiten befand.

»Ich bin da, wenn du mich brauchst.«

Sie lächelte mich strahlend an.

Corey

»Ich glaube, ich riech immer noch nach Rauch. Stimmt's?«

Ich hielt Blake mein Arm hin, der schlug ihn von sich.

»Alter, ich habe es dir bereits zweimal gesagt. Beim dritten Mal werde ich dafür sorgen, dass du wirklich nach Rauch riechst.«

Wir liefen in die Mensa, weil wir dringend was zu trinken brauchten. Das Training heute war mal wieder genau das, was ich gebraucht hatte. Nach dieser Nacht allemal. Es lag nicht etwa daran, weil ich meinen Schwanz im Dauereinsatz gehabt hatte. Nein, ich musste das verdammte Feuer in meinem Papierkorb löschen.

Wir kauften uns Müsliriegel und Wasser und setzten uns in unsere übliche Ecke.

»Und? Gestank aus der Bude bekommen?«, fragte Nick uns, während er wieder mal eines seiner Bücher las.

»So gut wie«, antwortete Blake ihm und sah mich genervt an.

»Ja, ist gut. Ich habe Scheiße gebaut.«

Blake schnaubte.

»Du hast Scheiße gebaut, weil du wieder mal irgendeinem Mädchen Hoffnungen gemacht hast«, musste Nick wieder mal seinen Senf dazugeben. Und weil er mich provozieren wollte, schaute er nicht mal auf. Penner!

»Alter, Hoffnung bedeutet, es könnte ein zweites Mal passieren. Sehe ich so aus, als wäre ich so dumm, zweimal dieselbe Mieze zu vögeln?«

Nick schüttelte den Kopf, Blake aß seinen Müsliriegel.

»Und du hast wirklich nicht gesehen, welches Weibsstück vorhatte unsere Bude abzufackeln?«, hakte Blake mit vollem Mund nach. Nur weil an der Hausfassade »*Fick dich, Winter*« stand, wussten wir überhaupt, dass die Aktion an mich gerichtet war.

Ein paar Mädels liefen an uns vorbei, kicherten und starrten offensichtlich in unsere Richtung. Blake nickte ihnen zu, ich zwinkerte und Nick ... der las weiter.

Der Typ war so hoffnungslos verloren.

»A-ha, keinen Schimmer«, antwortete ich abwesend, lehnte mich etwas nach vorne, weil die eine da hinten einen echt tollen Hintern hatte, als mir jemand auffiel.

»Bin gleich wieder da.«

Keiner der beiden fragte nach. Sie dachten sich ihren Teil, nur dass ich gerade echt an alles dachte, nur nicht ans Vögeln.

Sie lief aus der Mensa, hatte mich nicht kommen sehen.

»Anhalten!«

Die Kleine mit dem roten Haar drehte sich um und bekam große Augen. Bingo!

Ihre Schritte wurden schneller.

Sie schaffte es noch aus dem Gebäude raus, dann griff ich mir ihr Handgelenk.

»Hab ich dich!«

»Lass mich los!«

»Du wolltest mein Zuhause anzünden. Ich denke, ich habe ein gutes Recht, zu erfahren ...«

»Gin!«

Was? Sie rief nach einem Drink?

Ich ließ ihr Handgelenk los, als sie nicht mehr allein dort stand. Eine andere Tussi stellte sich provozierend vor Beth.

Fragend zog ich meine Augenbrauen in die Höhe. Was sollte das werden?

»Beth wird dir nichts erklären. Es war ein dummer Fehler, das weiß sie und sie wird es nie wieder tun.«

Meine Augenbrauen wollten gar nicht mehr aufhören zu arbeiten. Die kleine Mieze vor mir hier kannte ich nicht, aber die gelben Strähnchen in ihren dunklen Haaren konnte man nicht einfach so übersehen. Und dieses angriffslustige Funkeln in ihren Augen hatte etwas an sich. Nicht schlecht!

Aber dann machte sie weiter den Mund auf.

»Haben wir uns verstanden, Winter?«

»Keine Ahnung, wer du bist, Sweetie. Aber deine Freundin und ich hätten da noch etwas zu klären.«

»Beth. Ihr Name ist Beth!«

»Es ist mir scheißegal, wie sie heißt. Die Kleine ist zu weit gegangen. Und da ich generell keine Vornamen rufe, wenn ich vögel, wusste sie ganz genau, dass ihr Name mich einen Scheiß interessiert!«

Beth schnaubte hinter der Strähnchentussi, aber

sagte nichts weiter dazu. Das war so typisch. Erst machten sie mir schöne Augen, dann waren sie ja *so* verletzt, wenn ich ihren Namen nicht mehr kannte. Immer wieder dieselbe Scheiße. Wenn man meinen Schwanz lutschen durfte, durften sie mir nicht gleich auch ihren Stempel auf den Schwanz drücken. Nicht mit mir!

»Natürlich«, schnaubte sie jetzt. »Würde es dir gefallen, wenn sämtliche Mädchen deinen Namen nicht mehr kennen würden, nachdem sie Sex mit dir gehabt haben?«

»Das würde nie passieren«, antwortete ich ihr selbstsicher.

»Und wenn es dann doch passiert? Fühlt sich bestimmt toll an, oder? Wenn man wie ein Stück Fleisch betrachtet wird.«

»Hey, jetzt schalte mal einen Gang runter, okay! Sie hat nichts getan, was sie nicht wollte. Sie sollte damit klarkommen. Aber nein, stattdessen hätte sie mich und die Wohnung fast abgefackelt.«

Wäre ich gestern nicht so beschäftigt mit einer Hausarbeit gewesen, wäre ich auf einer Hausparty gewesen. Aber ich war zu Hause und bekam Beth' »netten« Aufrtritt mit. Vor Blake und Nick tat ich so, als hätte ich die Kleine nicht erkannt.

»Es tut ihr leid«, antwortete sie mir.

»Und das heißt was genau? Ich hab nämlich keinen Bock, dass ich darauf warten muss, im Schlaf zu verbrennen!«

»Sie wird es nicht wieder tun. Sie hatte ihre Rache und fertig!«

Ich schaute über ihre Schulter. Beth starrte zur Seite, als könnte sie mir nicht mal ins Gesicht schauen. Ihr rotes Haar erinnerte mich wieder an die Flammen aus dem Papierkorb. Aber die Erinnerung an unseren Fick? Ne, da tat sich nichts in meiner Birne.

»Ich hab die Cops nicht informiert, werde es aber tun, wenn ich merke, dass sie weiteren Scheiß abzieht«, erklärte ich ihr. *Oder ich würde es nicht mehr können, weil ich längst tot bin.*

»Wird sie nicht!«

Die Strähnchentussi blinzelte nicht einmal, während ich sie anschaute. Normalerweise taten die Weiber das. Sie alle.

»Ich nehme dich beim Wort. Dein Name?« Keine Ahnung warum, aber ich wollte unbedingt wissen, welcher Name für die gelben Strähnchen verantwortlich war.

»Sag ihm den nicht, Gin«, flüsterte Beth ihr jetzt zu. Die Strähnchentussi verdrehte die Augen, während ich mich fragte, warum die Kleine immer wieder nach Gin verlangte. War sie Alkoholikerin? Vermutlich. Das würde zumindest den brennenden Papierkorb erklären.

»Gut, wenn das geklärt ist«, begann Beth' Freundin und drehte sich zu ihr um. »Darf ich jetzt gehen? Aus dem Kindergartenalter bin ich nämlich schon raus!«

Ich runzelte die Stirn.

Beth musste genickt haben, gesagt hatte sie nämlich nichts. Die Kleine mit den Strähnchen sah mich nicht mal mehr an, als sie ging. Mein Blick folgte ihr automatisch. Okay, der runde Arsch in dieser Jeans zog mich schon an. Ich war kein Kostverächter.

Dass sie echt die Nerven hatte sich einzumischen. Unfassbar.

Wobei ... unfassbarer war es, dass sie sich nicht ein einziges Mal umdrehte, um mich Prachtexemplar anzusehen.

Fortsetzung folgt ...